AF279682

Der Felsenweg

Philipp Heckmann

IMPRESSUM

artprojekt
© 2022 Philipp Heckmann

Alle Bild und Textrechte sind geschützt.
Titelbild: „Recovery" & Rückseitenbild: „Tantra"
© Ph. Heckmann

Bibliografische Information der Deutschen Nationalbibliothek:
Die Deutsche Nationalbibliothek verzeichnet diese Publikation in der Deutschen Nationalbibliografie; detaillierte bibliografische Daten sind im Internet über dnb.dnb.de abrufbar.

Herstellung und Verlag:
BoD – Books on Demand, Norderstedt
ISBN: 9783756213337

INHALT

Der folgende Bericht gelangte durch seltsame Begebenheiten in meinen Kopf. Ich bitte daher um Nachsicht, denn nicht alles, was in diesen Aufzeichnungen wiedergegeben wird, ist sprachlich auszudrücken.

-

Sollte mein erwachendes Bewusstsein an diesem abgeschiedenen Ort enden? Weder was geschah noch warum ich mich in einer Bucht zwischen unbezwingbaren Felsenwänden wiederfand, war mir verständlich. Die Steilküste zu erklimmen erschien mir aussichtslos und eine unerklärliche Befangenheit überkam mich beim Gedanken, schwimmend die Klippen im Meer zu überwinden. Sand rieselte in wehenden Fahnen die Abhänge herab. Gab es mich nur zur Belustigung dieser ungeheuerlichen Fratzen in den Felsenwänden? Im wandelnden Licht entstanden und zerfielen meine Fragen. Bestand für mich die Wirklichkeit lediglich aus Himmel, Wasser und Stein? Wo war mein Zusammenhang mit all dem hier? In meine Vorstellungskraft flochten sich Erinnerungen aus einer anderen Zeit. Ich erkannte Bilder und Begriffe, doch stand ich neben mir und fand keinen Bezug zu meinem Sein. War die Welt bloßer Schein und ich bewegte mich in der Innenwelt eines rein gedanklich Vorstellbaren? Womöglich gab es mich gar nicht. Falls ich nicht sein sollte, musste es mein Nichtsein dennoch notwendig geben. Konnte etwas existieren, ohne dass es jemand betrachtet? Dieser Pfad war unerforschlich, ich konnte ihn weder erkennen noch denken. Mein Urgrund bedeutete mir, dass ich am Leben war. Im Werden vergänglich und von allen Wesen das Erste.

Hinter meinem begrenzten Horizont erkannte ich mich vage als Teil einer rätselhaft gegenwärtigen Vergangenheit. Lautlos verwehten meine Gedanken im gleißenden Sonnenwind.

Leichtigkeit durchdrang mein Herz, sie lag vor allen Dingen und stand außerhalb aller Zeit. Indem ich mich öffnete, sickerte eine zwanglose Eingebung aus dem Fels und lotste mich zum Verfassen dieser Zeilen. Ich vernahm die lautlose Stimme des Gesteins und erfasste ihre Worte wie in einem Nachhall nebelhafter Erinnerungen. Ohne Prüfung ließ ich meine protokollierende Hand gewähren. Ich las, während ich schrieb.

Die Zeit ist nur eine Idee oder ein Maßstab
Antiphon

Die Stille rutscht immer tiefer ins Gestein. Woher kommt nur der Radau? Wache oder träume ich? Alle Klüfte und Spalten füllen sich mit Unrast. Was soll´s, an Schlaf ist nicht mehr zu denken. Ich werde wohl oder übel meine Felsenaugen öffnen.

Sieh da, eine schwebende Kugel hoch über mir. Ihr Magnetismus zerrt gewaltig an meinen Erzen. Ich muss die letzten Jahrzehntausende außerordentlich tief geschlafen haben. Was sind das nur für putzige neue Naturwesen die über meine Haut wuseln? Vielleicht finde ich Antworten auf ihr rastloses Treiben, indem ich meine Felsenohren auf die Interferenzen der elektromagnetischen Wellen der Kugel richte.

krrrrrüÜü „… Hier spricht Larry Schlotter, ich stehe auf dem Kalvarienberg in Baden bei Wien. Bereits gestern wurden die Stadt und das Testgelände an der Thersienwarte weiträumig abgesperrt, doch die Menschenmassen lassen sich nicht aufhalten. Auf sämtlichen Hügeln der Umgebung sitzen Scharen von Neugierigen mit Fotoapparaten und Filmkameras in den Bäumen. Wir erwarten einen der größten historischen Momente der Menschheit und es sieht so aus, als ob alles, was Beine hat, nach Baden unterwegs ist. Der Verkehr auf der Südautobahn kam wegen der zahllosen Schaulustigen bereits komplett zum Erliegen. Ich höre gerade, dass die Zeitkapsel verschlossen wird. Solange wir auf den Countdown warten, übergebe ich an Franz Trubler von der Wissenschaftsredaktion, er hat interessante Details zum bevorstehenden Zeitexperiment.“

„Danke Larry. Hier ist Franz Trubler vom Baden-TV. Neben mir steht Herr Professor Zickau, er ist Obmann des wissenschaftlichen Rates des Zeitforschungs- instituts der Universität Baden." - kkkrrrrrrr

Diese neue Affenspezies kommuniziert tatsächlich über elektromagnetische Wellen. Was für eine Hektik. Sie scheinen sich sehr wichtig zu nehmen.

- krk krk krk krü - „... bitte bleiben Sie doch! Darf ich Sie bitten unseren Zuschauern kurz zu erläutern, wie die Zeitreise funktioniert." - krkrkrssss

Die Störungen sind außerordentlich unangenehm. Ich hoffe ich habe nichts verpasst. Countdown einer Menschheit. Wovon sprechen sie eigentlich? Einerlei, es klingt kurzweilig. Fein, ihr Signal stabilisiert sich.

„... Genauer bitte, unsere Zuschauer sind größten- teils nicht vom Fach." „Gut, bitte notieren Sie das. Der Zeit-Zentrifugalbeschleuniger ähnelt dem klassischen Elektromotor. Üblicherweise gibt es einen feststehen- den Außenteil, sowie einen sich darin drehenden Innenteil. In unserer Zeitmaschine ist es umgekehrt. Sie besteht aus zwei jeweils zwanzig Zentimeter dicken magnetischen Diamant-Verbund-Glassphären. Die äußere hat einen Durchmesser von dreißig Metern und ist mit Abertausenden elektrischen Spulen durchsetzt. In ihrer Mitte schwebt eine weitere sechs Meter große elektromagnetisch fixierte Kugel mit einer Permamag- netwandung. Durch fortwährendes Umpolen der Außenkugel erzeugen wir wechselnde Magnetfelder und erreichen so eine kontinuierliche Drehung, die innere Sphäre bleibt dabei bewegungslos." „Das bedeutet, die äußere Kugel dreht sich um die Innere." „Richtig! Sie haben mitgedacht." - kuujjüüükrrrrr -

Diese verhexten Interferenzen. Ich muss mich inner-lich verdichten. Zeitmaschine? Zeit überblicke ich, was bedeutet Maschine? Meinen sie die magnetische Kugel aus Quarz und Metall über mir?

- krk krk krk krk - „Durch die rasende Rotation des Starts wird die Raumzeit in eine elektrostatische Feld-krümmung gezwungen. Diese ergibt je nach Dauer der Rotation, die gewünschte Zeitverschiebung im Raum. Das entstehende Magnetfeld absorbiert dabei sämtli-che Blitze im Umkreis von einhundert Kilometern aus der Atmosphäre, diese Energie wird zusätzlich für den Zeitvortrieb genutzt. Die Rotation beginnt mit einer Zeit-verschiebung von minus tausend Jahren pro Stunde. Sie wird sich allmählich auf minus hunderttausend Jahre erhöhen und nach drei Stunden die Maximalzeit-reisegeschwindigkeit von circa minus einer Million Jahren pro Stunde erreichen. Ins Badenium sind es fünfzehn Millionen Jahre, das heißt ungefähr sechzehn Stunden." - krüüüüüüü

Aha. Langsam verstehe ich ihr tun. Sie versuchen am Zeitrad zu drehen. Einstiges wollen sie wiederholen. Weshalb nur? Haben sie nicht genug von ihrer Zeit?

- kkkkrr „... Professor Zickau, zurück zur Zeitkugel. Hinter dem Gewirr von Röhren und technischen Appa-raturen sehen wir die innere Kugel schimmern. Sie bildet nicht nur den Elektromotorkern, in ihr befindet sich noch etwas anderes, nicht wahr?" „Sie sagen es, die statische innere Magno-Diamantkugel beherbergt die Steuerungszentrale der Temponauten. Diese bleibt zeitstabil und schützt auf diese Weise die Insassen während ihres Zeitfluges vor Zeitanomalien. Die rasende Rotation der Außenkugel gewährt einen freien Blick auf das aktuelle Zeitgeschehen.

Bedauerlicherweise können das wissenschaftliche Labor, sowie Küche, Wohn- und Schlafstätten in der äußeren Sphäre während der Reisezeit nicht benutzt werden. Das Problem mit der Toilette ..."

„Herr Professor, ich muss Sie leider unterbrechen. Ich höre gerade, dass die leitende Paläontologin Prof. Vera Manzoni von der Universität Baden und Ihr Kollege Dr. h. c. Markus Strebek soeben in den Pilotensitzen Platz nehmen. Der Start steht unmittelbar bevor. Franz Trubler vom Baden TV zurück an Larry Schlotter."

Diese Winzlinge sind erstaunlich agil. Respekt, mit diesen kleinen Greifhändchen einen derart großen Energieball zu schaffen ... Ich denke, ich bin zur rechten Zeit erwacht. So etwas Schräges erlebt man in Jahrmillionen nicht.

„Danke Franz, das war spannend. In der Tat, hier tut sich was. Die Wendeltreppe wurde bereits eingefahren. Die Zeitkugel schwebt direkt über unseren Köpfen und die Ehrengäste gruppieren sich um den Bundespräsidenten. Die Crème de la Crème aus Politik, Wissenschaft, Militär und Geheimdienst ist auf der viel zu engen Plattform der Theresienwarte versammelt, um dem Badener Zeitreiseexperiment beizuwohnen und die mutigen Wissenschaftler ins Ungewisse zu verabschieden. Den Startschuss für das epochale paläontologische Zeitreiseexperiment wird der Bundespräsident selbst ausführen. Wie sie hören, wird im Hintergrund bereits lautstark der Countdown abgezählt. Zehn! Neun! Acht! Sieben! Sechs! Fünf! Was ist denn da los? Vier! Auf der Plattform gibt es ein Gerangel! Drei! Der Bürgermeister drängt den Bundespräsidenten zur Seite! Zwei! Er stürzt ins Dekolleté der

Wissenschaftsministerin! Eins! Es ist nicht zu fassen! Unser Bürgermeister drückt den roten Startknopf! Hurra!"

Unterhaltsame Bilder und Gespräche enthüllen die elektromagnetischen Wellen. Das Magnetfeld der Kugel wird immer mächtiger. Sie beginnt entgegen dem Uhrzeigersinn zu drehen. Ich könnte mich auf das Abenteuer einlassen und mich von den elektromagnetischen Wellen mitziehen lassen. Ja, das werde ich tun. Ein wenig Zeitvertreib wird mir gut tun. Interessant, mein Geist bleibt bestehen, nur mein Leib entschwindet in die zurückdrehende Zeit. Seltsam wunderlich ist es schon, grotesk und amüsant zugleich. Ha, die Hand des Bürgermeisters löst sich vom Startknopf. Jener Bundespräsident stolpert aus dem Dekolleté zum Rednerpult zurück und eilt mitsamt allen anderen rückwärts die Treppe der Aussichtsplattform hinunter. Das war eine gute Entscheidung mitzufliegen. Es erheitert mich über alle Maßen. Hurtig huschen sie, ihre Gesichter der Zeitkugel zugewandt, rücklings meine fahnengeschmückten Flanken hinab. Flugmaschinen schnurren im Rückwärtsgang Richtung Norden. Schon rötet sich der Himmel und die Sonne verabschiedet sich zum ersten Mal seit Anbeginn im Osten. Es wird Nacht, abgeworfenes Gestein springt in mich zurück. Großartig, es ist wie eine Neugeburt, nur dass ich, während ich wachse, jünger werde. War da etwas? Zwischen den sirrenden Pfeiftönen des erstaunlichen Apparates unterscheide ich aufgeregte Stimmen.

„Ich hab's gewusst! Meine Maschine funktioniert!" „Mark, jetzt wird es ernst. Von nun an besteht keine Verbindung mehr zum Kontrollzentrum in Baden. Ab jetzt sind wir auf uns allein gestellt." „Es ist Zeit für das erste Startprotokoll. Übernimmst du das, Vera?" „OK.

Erster Expeditionstag, Sonntag, 12:05h. Ich komme mir vor, wie im Kintopp, nur dass der Filmvorführer den Film zurückdreht. Wir sehen die Wolken wie sie durch den Himmel rasen, sich zusammenballen und ausregnen. Unablässig bilden sie sich und lösen sich wieder auf. So geht es unaufhörlich, die ersten Blitze schlagen an der Kugel auf. Die Energiezufuhr steigt, unaufhaltsam beschleunigt sich das gegenläufige Zeitgefüge. Sonne und Mond wechseln im Sekundentakt. Jetzt verschmelzen Tag und Nacht zu einem schimmernden Flackern. Mark, übernimmst du kurz? Ich möchte ein paar Fotos machen."

„Gerne. Der Chronometer zeigt bereits minus fünf Jahre in der Minute. Die Jahreszeiten jagen über die Wiener Bucht. Geisterhände zerlegen die Neubauten. Sie verschwinden in Grünflächen der Stadt und in Feldern. Es ist kaum zu beschreiben. Straßen und Industrieanlagen bauen sich zurück. Dörfer und Städte schrumpfen unaufhörlich." „Mark, ich sehe Rauch im Helenental." „Tatsächlich, am Ausgang des Helenentals erkenne ich die Weilburg wie sie ihren Trümmern zu voller Größe entsteigt!

Sollen wir kurz anhalten und das Attentat von Sarajevo am 28. Juni 1914 auf Erzherzog Franz Ferdinand verhindern?" „Eingriffe in das Zeitgeschehen sind uns strikt verboten. Das weißt du doch, Mark." „Ja, dennoch ist es vorstellbar, dass sich in einer anderen Zeitentwicklung vielleicht nur die Umstände ändern und die Einzelschicksale dieselben bleiben." „Um das zu erfahren, wärst du bereit die gesamte Geschichte zu ändern?" „Nein, das Risiko dich wo möglich niemals kennenzulernen, ist mir zu hoch." „Dass ich der Grund sein soll die Vergangenheit nicht zu ändern, ist nett von dir. Ich übernehme wieder. Die Chronometernadel springt auf minus zehn Jahre in der Minute. Mark, schalte bitte den Monitor ein. Ich möchte mir ein erstes Play-back vom Hauptplatz in Baden ansehen. Danke.

Es ist Freitag, der 24. Juli 1908, 12:27h. In der Stadt herrscht geschäftiges Treiben. Pferdefuhrwerke, behütete Männer mit Bärten und Frauen in langen Kleidern und Sonnenschirmen bewegen sich rückwärts rund um die Pestsäule in die angrenzenden Gassen. Eine füllige Dame mit zartrosa Gaze am ausladenden Hut, sitzt zwischen einer aufgeregten Menschengruppe auf dem Pflaster. Die Passanten treten zurück. Federleicht erhebt sich die gewichtige Frau wie ein Stehaufmännchen von ihrem Hintern. Ein rückwärts rennender Hund taucht zwischen ihren stolpernden Beinen auf. Er hat eine Wurst im Maul. Hinter ihm stürmen ein Polizist und mehrere wütende Passanten rücklings durch die Menge. Sie bleiben stehen. Ein weinender Junge. Die Wurst kehrt aus dem Maul des Hundes in seine Hand, dann in den Korb einer alten Bäuerin zurück. Der Hund sitzt unbeteiligt neben dem Jungen und blinzelt in die Luft."

„Was meinst du Vera? Mit Zeitreisen könnten wir sämtliche Klatsch- und Tratschhistoriker ködern und sie im neunzehnten Jahrhundert parken. Die selige Kaiserfamilie auszuspionieren, würde so viel Zeit beanspruchen, dass wir sie mit einem Schlag los wären."
„Scherzkeks. Unsere Zeitreisegeschwindigkeit beträgt minus zwei Jahre pro Sekunde. Die Jahreszeiten lassen sich nicht mehr unterscheiden. Die Villen der Wiener und die Weilburg lösen sich auf. Alles geht rasend schnell. Die Schwechat befreit sich aus ihrer Zwangsjacke und sucht sich mäandernd den Weg durch die

wiederkehrenden Auwälder der Ebene. Unzählige Rauchsäulen der Köhler und Kalkbrenner steigen beständig aus den Wäldern und Tälern des Wienerwalds.

Mark? Ich würde mir gerne etwas ansehen, aber wir sind schon vorbeigesaust. Kannst du mir den 16. Juli 1812, um fünf Uhr mittags, in der Aufzeichnung zeigen?" „Kein Problem. Sonntag, der 16. August 1812, 17:00h. Aha, ich weiß, was du meinst. Der große Stadtbrand. Genügt dir ein Standbild auf den Hauptplatz in Baden?" „Ja, das wird genügen. Wir sehen Baden in Schutt und Asche liegen. Die letzten Brandherde werden gerade gelöscht. Nur wenige Häuser, die Stadtmauer und die rußgeschwärzte Pestsäule stehen noch. Die Einwohner durchsuchen die Ruinen ihrer Häuser nach Habseligkeiten. Schalte bitte zurück auf Liveview."

„Wir können uns die Bilder auch zeitverzögert auf dem Monitor anzeigen lassen. Die Jahrhunderte laufen dann langsamer ab. Ich denke, das ist sinnvoller für einen Kommentar." „Gute Idee, danke Mark, da ist schon etwas. 1714, die Stadt zerlegt sich erneut in die Grundmauern. Ein kurzer Brand erlischt, während das alte Stadtbild entsteht. Die Region verändert permanent ihre Oberfläche. Rauchsäulen sind wiederholt im Wienerbecken zu erkennen. Bitte gehe zurück auf Live-view und halte das Bild auf mein Kommando an. Achtung! Jetzt! Standbild, Mittwoch, 13. Oktober 1529, 14:21h. Baden liegt erneut vollständig ausgelöscht unter uns. Aus dem Schutt ragt die ausgebrannte Ruine der Pfarrkirche. Es sind Truppen in der Stadt. Türkische Zelte stehen vor der niedergebrannten Badener Burg."

„Da unten entstehen immer wieder Feuer. Weißt du, was da los ist, Vera?“ „Ja, ich erinnere mich, mein Geschichtslehrer konnte diese Zeiten so lebhaft erzählen: 1484 war die Zeit der Ungarnkriege. Es wird gleich nochmals brennen. Achtung, 1480, 79, 78, 77. Jetzt.“ „Die Zerstörung Badens 1477 durch die Ungarn wurde soeben von Prof. Vera Manzoni dokumentiert.“ „Bleib bitte sachlich Mark, alle unsere Gespräche werden aufgezeichnet. Der Chronometer dreht bereits auf minus drei Jahre in der Sekunde. Sieh nur, die Bäume kehren langsam auf den kahlen Badenerberg zurück. Wir sind schon zu schnell um einzelne Ereignisse auszumachen, doch können wir beobachten, wie sich die gerodeten Urwälder erheben. Das römische Aquae ist zu sehen und verschwindet wieder.“

„Entschuldige, dass ich dich unterbreche, Vera. Das hat mich schon immer interessiert. Ich möchte kurz die Aufzeichnung sehen.“ „Gerne. Zeit haben wir schließlich genug.“ „Play-back läuft. Sonntag, der 13. März 39, 06:38h.“ „Das ist wirklich höchst interessant. Woher wusstest du das Datum Mark?“ „Ich hatte so eine Ahnung und habe die Sucheingabe der Jahre null bis fünfzig mit Brandherden und starker Rauchentwicklung verknüpft.“ „Du bist genial. Ich würde das gerne kommentieren.“ „Bitte, dann kann ich mich entspannt auf die Details konzentrieren.“

„Am Fuße des Badener Berges sehen wir eine kleine keltische Siedlung zwischen Frühnebelschwaden. Das Dorf und die angrenzenden Felder stehen in Flammen. Der Ort ist mit Leichen übersät. Männer, Frauen, Kinder und Tiere liegen in ihrem Blut. Römische Legionäre greifen in ihre Beutel, knien sich nieder und legen den Toten ihren Schmuck und ihre Waffen an. Durch den

Rauch sehen wir eine kleine Gruppe gefangener Frauen und Kinder die ihrer Ketten entbunden werden. Hustend und stolpernd bewegen sie sich rückwärts in den rauchenden Eingang der Ursprungshöhle. Ein brennender Heuballen rollt heraus und erlischt. Lanzen ziehen sich aus Leibern. Ich sehe keine Römer am Boden liegen, dafür richten sich erschlagene Kelten auf. Schwerter, Heugabeln, Äxte und Schilde springen in ihre Hände zurück. Wir sehen nur wenige kurze Kämpfe, die sich schnell rückläufig Richtung Eingangstor bewegen. Ganze Familien erheben sich vom Boden. Pfeile lösen sich aus ihren Körpern und kehren in die Bögen der Legionäre zurück. Die Dorfbewohner rennen rückwärts in ihre Holzhäuser, deren brennende Strohdächer nach und nach erlöschen. Die Legionäre sammeln sich in Kampfformation und verlassen im Laufschritt retour das Dorf. Ein Rammbock am Eingang hebt sich in ihre Hände. Das eingeschlagene Holztor fällt in seine Angeln und schließt sich, während ein Hagel von Pfeilen und Brandgeschossen in den Auwald zurückfliegt. Jetzt erheben sich zwei von Lanzen durchbohrte keltische Krieger vom Boden und fliegen auf die Holzbrüstung über dem Tor. Sie spähen in die dunstige Morgendämmerung und unterhalten sich. Alles ist ruhig."

„Pah, das war starker Tobak. Ich habe mir ja schon so etwas gedacht, aber dass die Römer ein kleines Dorf heimtückisch überfallen und komplett auslöschen, habe ich mir nicht vorstellen können. Bei dieser Übermacht hätten sie sich bestimmt sofort ergeben. Von wegen herrsche und teile. Sie hatten keine Chance, hast du gesehen, wie wenig Gefangene sie gemacht haben?" „Nimm es dir nicht so zu Herzen Mark, es ist geschehen. Denk an die langen Friedenszeiten. Die Geschichtsschreiber haben uns wenig darüber zu berichten, doch dauerten sie wesentlich länger als die Kriege. Wir könnten ständig anhalten, um uns Gräuel anzusehen und noch öfter, um nur das Schöne zu sehen. Ich kommentiere wieder. Live-view, 4819 Jahre vor heute. Das ist etwas für dich, wir durchfliegen soeben die Zeit der Badener Kultur. Aus dieser Epoche der Urbadener sind wunderbar verzierte

Keramiken, Stein- und Knochengeräte, sowie Kupferschmuckstücke aus der Königshöhle erhalten. Von kriegerischen Auseinandersetzungen gibt es keine Funde. Ich sehe Siedlungen auf den Anhöhen von Römerberg, Badenerberg, Mitterberg und Harter Gebirge, sie sind unbefestigt. Im Flachland vor dem Helenental liegt ein ausgedehnter Sumpf. Willst du dir die Dörfer genauer ansehen, Mark?"

„Jetzt nicht, später vielleicht. Wir erreichen gleich minus siebenundzwanzig Jahre in der Sekunde. Ich muss sämtliche Parameter und Konstanten überprüfen." „Die Urwaldriesen wachsen und fallen. Die Schwechat verändert nun permanent ihren Lauf. Der Fluss ist in ständiger Bewegung und schlängelt sich wie eine Schlange im Wiener Becken hin und her. Mark, wo sind wir momentan?" „Die Uhr zeigt 6841 vor heute." „Dann verlassen wir die Bronzezeit, die Steinzeit endet gerade." „Mein Kontrollcheck ist beendet. Die Technik läuft wie am Schnürchen, wir könnten etwas essen." „Ja, hungrig bin ich auch, aber vorher müsste ich dringend auf die Toilette." „Darüber könnte ich mich immer noch aufregen. Wie kann man nur vergessen eine Toilette in die Steuerkugel einzubauen. Das ist eine

echte Zumutung. Wir sitzen hier in einer Hightech-
maschine und diese Trottel stellen uns ein Campingklo
hinter die Sitze." „Krieg dich wieder ein Mark. Nothing
is perfect. Es ist, wie es ist."

*Was sind schon 6841 Jahre vor oder zurück? Das
reicht kaum für ein Nickerchen. Erstaunlich ist, wie
rasant diese kurzlebigen Wesen in ihrer bescheidenen
Lebenszeit die Landschaft zerwühlten und wie schnell
sie wieder aus der Geschichte fallen. Die nächsten
Jahrzehntausende ist hier nicht viel passiert, ab und an
ein Flächenbrand oder die Flüsse verändern ihren Lauf.
Wo sie wohl hinwollen? Doch nicht etwa in die kalte
Zeit, die Vegetation weicht bereits zurück.*

„Vera, schau´ mal nach rechts. Da kommt ein
Gletscher das Tal heruntergerutscht." „Mir wirds eiskalt
bei dem Anblick. Sag mal, wo ist eigentlich der
Schalter für die Heizung?" „Heizung gibt es keine. Unser
Ankunftsziel liegt in der Nähe des Äquators. Der Rat
war der Ansicht eine Klimaanlage würde reichen."
„Wie bitte und falls wir notlanden müssen?" „In diesem
Falle bleiben uns nur die Thermofolien im Erste-Hilfe-
Kasten." „Das ist doch …" „… halb so wild Vera. Du
kannst der Technik absolut vertrauen. Für eine Weile
werden wir ein Wechselbad aus Eis- und Warmzeiten
durchfliegen. Bei unserer derzeitigen Reisegeschwin-
digkeit liegen die Intervalle so eng beieinander, dass
wir keine allzu kalten Füße bekommen sollten." „Wenn
du es sagst … Nach deinem nächsten Protokoll essen
wir."

„Sonntag, der 17. Mai 846.995 vor heute, 15:27h. Die
Zeitkugel hat ihre Maximalgeschwindigkeit bei minus
sechzehntausend Jahre die Minute erreicht. Alle
Maschinen laufen einwandfrei. Die Energiezufuhr

bleibt konstant. Zweihundertachzig Jahre in der Sekunde! Vera, bei diesem Tempo könnten wir glatt an der Menschheitsgeschichte vorbeirasen, ohne es zu bemerken."

Die Monotonie der Zeitabläufe hat die Zweibeiner schläfrig werden lassen. Ihr Geplapper ist in den sirrenden Geräuschen ihrer Maschine verebbt, bald werden sie einschlafen. Wie wohltuend ruhig ist es auf einmal. Mir war gar nicht bewusst, wie sehr mich die Gletscher verändert haben. Wahrscheinlich, weil ich in diesen stillen Zeiten immer eingenickt bin. War ich wirklich so schroff und steil, wie ich mich hier wieder-finde? Ich kann mich an meine vielen Felsnasen, Brüche und Steilhänge von damals kaum noch erinnern. Da schimmert Wasser am Horizont, wie schön, das Meer kehrt zurück. Ich werde alt, wie konnte ich nur vergessen, wie es sich anfühlt. Wieso bremst die Kugel plötzlich ab? Sie halten an! Zu Schade, ich hatte mich schon darauf gefreut meine Kindheit wieder-zusehen. Vor allem würde ich eines gerne wissen, - wie eigentlich alles begann. Na schau, die Zweibeiner werden munter ...

„Mark! Wach auf! Wir sind im Badenium!" „Habe ich gut geschlafen. Was? Wir sind schon da?" „Es sieht ganz so aus. Wir sind schon vor drei Stunden angekom-men. Wie peinlich, wir haben unsere Ankunft verschla-fen. Der Chronometer ist auf Freitag, den 10. Juli. 15.344.937 vor heute stehen geblieben. Ich platze vor Neugier. Ich schalte jetzt die Kameras ein, damit wir etwas sehen." „Wow! Sieh dir das an, ist das nicht Irre. Unser Traum ist in Erfüllung gegangen. Wir sind tatsächlich in der Urzeit."

„Erstes Badenium-Protokoll. Zweiter Expeditionstag. Freitag, der 10. Juli 15.344.937 vor heute. 14:22h. Der Anblick ist überwältigend. Unter uns liegt das Pannonische Meer und eine Flussmündung. Es ist mit Sicherheit die Ur-Schwechat. Ihr Wasser strömt in etlichen Flussarmen, durch einen Mangrovenwald in die Wiener Bucht. Keine hundertfünfzig Meter entfernt schlagen die Wellen des Meeres an den Strand. Über uns kreisen Vogelschwärme. Die Gipfel des Leithagebirges sehen wir als lang gestreckte Inselkette am Horizont. Richtung Hainburg erkennen wir weitere Inseln. Die Mödlinger Bucht ist viel ausgedehnter als angenommen. Zahlreiche tiefe Canyons zerschneiden die Steilküstenlinie. Der Wienerwald besteht aus tropischem Urwald. Etwa sechzig Kilometer nördlich liegt eine weitere Deltalandschaft im Dunst. Es kann nur die Ur-Donau sein. Im Zoom ist zu erkennen, wie sie in unzähligen Wasserarmen durch Sumpfgebiete in die Pannonische See fließt. Ausgedehnte Sanddünen zeichnen sich dahinter ab. Südlich von uns ist der Verschluss des Helenentals zu erkennen. Im Zoom wird deutlich, dass der Ausgang zwischen dem Urtel- und Klausenstein verschlossen ist. Die wissenschaftliche These eines Stausees zur Zeit des Badeniums ist zutreffend. Weiter südlich ist die Küstenlinie des Eisenstadt-Sopron Bassin und eine merkwürdige Rauchsäule zu sehen. Mark? Können wir uns das in Infrarot ansehen?“

„Einen Moment, dazu muss ich die Aufsatzfilter vor die Kameralinse fahren. So, jetzt habe ich`s.“ „Danke, ich zoome heran. Es ist fantastisch, der Widerschein eines Magmaflusses zeigt sich. Es ist der Pauliberg, der Vulkan ist aktiv! Über uns brauen sich immer mehr dunkle Gewitterwolken zusammen, es blitzt und donnert. Erste Regengüsse trüben die Sicht. Starkregen fällt, die Sicht ist gleich null. Ich beende das Protokoll."

„Genug herumgesessen, Vera. Ich bin völlig steif und muss mich bewegen." „Komm, machen wir einen Spaziergang nach draußen. Ich möchte mir das sofort ansehen." „Das ist keine gute Idee. Es regnet in Strömen, außerdem habe ich einen Bärenhunger und will duschen. Du etwa nicht?"

Wenn ich mir anschaue, was die Zweibeiner so alles ihr Eigen nennen, wird mir schwindelig. Wozu brauchen sie das alles? Ich denke, sie sind sich der Unzulänglichkeit ihrer Werkzeuge nicht bewusst, damit kommen sie nicht weit. Den wirklichen Dingen des Lebens werden sie sich nackt gegenübersehen.

„Hungrig bin ich allerdings auch. Mark beende bitte das Vakuum in der äußeren Sphäre, damit wir die Tür der Kommandokugel öffnen können." „Die äußere Sphäre ist längst auf Normaldruck und die Tür steht bereits offen. Los nichts wie raus aus der engen Nussschale."

Obwohl ihre Kugel voller empfindlicher Apparaturen steckt, agieren die beiden als seien sie unsterblich. Jederzeit kann ihr Leben beendet sein, es scheint sie wenig zu kümmern. Sie strahlen Selbstvertrauen aus, doch Unruhe umgibt sie. Viel zu hektisch greifen sie nach Nahrung. Jetzt betreten sie einen abgetrennten Raum, häuten sich, stellen sich unter fließendes Wasser und gehen auf der anderen Seite durch eine Tür. Wie befremdlich, sie streifen sich eine neue Haut über und verschwinden in einer Bodenklappe. Das Kamerasignal bricht ab, ich sehe keine Bilder mehr. Wurde nicht von einem Gefährt im Boden gesprochen? Immerhin werden weiter die elektromagnetischen Wellen ihres Sprechfunks übertragen.

„Mark, bist du bereit für den Startcheck und die Instrumentenkontrolle?" „Sicher. Stört es dich, wenn ich den Apfel weiter esse?" „Nein. Also los! Ein/Aus Schalter?" - „On." „Was piept denn da?" „Du hast deinen Sicherheitsgurt nicht angelegt. Können wir jetzt weitermachen? Parkbremse?" „Gezogen und gesichert." „Blackbox und Airbags?" - „Beide On." „Magnetturbinen und Klappenkontrolle?" „On. Prüfung auf fünfzehn Grad. Checkt." „Schubcontroller, Batterie-Master, Mikrofusionsreaktoren?" „Alle On. Mikrofusionsreaktoren fahren hoch. Hundert Prozent. Checkt." „Trimmung?" - „T/A Position. Set." „Soundcheck." „Auf Level vier. Set." „Meteo?" - „Stark bewölkt mit Aufheiterungen, weitere Tendenz sonnig. Luft zweiunddreißig Grad. Luftfeuchte bei neunundsiebzig Prozent. Wassertemperatur neunundzwanzig Grad. Auflaufende Flut. Der Wind kommt mit einem Meter in der Sekunde aus Süd-Süd-Ost."

„Hydraulische Bodenklappen öffnen und Helioquad ablassen." „Abkoppelungsmanöver eingeleitet." „Sicherungshaken entsperren." „Sind entsperrt." „Glaskuppel verschlossen und gesichert. Startcheck abgeschlossen. Ready for Take-off." „Roger." „Mark, zur Flugfunktionsüberprüfung würde ich gerne eine Schleife über die Bucht fliegen." „Mach ich. Halt dich fest, Vera." „Baah. Mark, müssen die Seitwärtsloopings wirklich sein?" „Nicht unbedingt. Ich will nur ausprobieren, wie sich die Maschine bei Maximalgeschwindigkeit verhält." „Das wissen wir ja inzwischen. Flugfunktionsüberprüfung abgeschlossen. Bring bitte den Helioquad zu Wasser." „Ok. Touchdown auf Wasseroberfläche im Nullkommanichts." „Herr Dr. Strebek, wir sind nicht zum Spaß hier!" „Ist ja schon gut. Helioquad gewässert. Mikrofusionsreaktoren im Leerlauf." „Schon besser, können wir?" „Roger." „Klar zum Tauchen. Ventile der Ballasttanks öffnen." „Ventile der Ballasttanks sind offen. Ballasttanks werden geflutet." „Tiefenruder ausfahren." „Tiefenruder ist ausgefahren." „Ruder hart steuerbord. Peilung dreihundertsechzig Grad voraus." „Ruder liegt an. Dreihundertsechzig Grad liegen an." „Trimmung in zwölf Meter Tiefe. Schleichfahrt bei fünf Knoten." „Ay, Ay, Käpt'n."

Das Leben ist kein Problem, das es zu lösen,
sondern eine Wirklichkeit, die es zu erfahren gilt.
Buddha

Zum ersten Male erlebe ich Geschehnisse, ohne selbst dabei zu sein. Ich muss schon sagen, es hat etwas, wenn man sich bewegen kann. Wenn ich nur wüsste, was die beiden eigentlich wollen. Hier ist es genauso wie in jeder anderen Zeit.

„Tauchprotokoll: Zweiter Expeditionstag, Montag, 15.344.936 vor heute. 15:03h. In achtzehn Meter Tauchtiefe durchqueren wir die Badenerbucht entlang eines Saumriffes Richtung Süd-Süd-West. Das Wasser ist glasklar, wir haben Sicht bis zum Meeresgrund. Die Ausläufer des Helenentalcanyons ragen rechts und links von uns auf. Unzählige Korallen- Fisch- und Muschelarten, Haie, Rochen und Fischschwärme gleiten an uns vorüber. Herden von Seekühen weiden in den Algenwäldern. Sie betrachten uns ohne Scheu."

„Siehst du die gelben Schwaden aus dem Meeresboden aufsteigen?" „Das werden die Schwefelquellen sein. Wir werden sie später untersuchen. Steuere jetzt auf Süd in eine kleine ansteigende Bucht. Es könnte das Wolfstal sein. Wir werden eine erste Probe entnehmen und die Greifarme testen." „Greifarme rechts und links sind ausgefahren. Was möchtest du untersuchen?" „Siehst du die große Kammmuschel vor dem Seetangwäldchen?" „Ja, ein sehr schönes Exemplar." „Das wird mein erstes Forschungsobjekt, ich werde sie im Labor sezieren." „Vera, übernimm bitte das Ruder während ich die Greifarme bediene. Die Sensoren in den Steuerhandschuhen sind sensationell, sie übermitteln ein täuschend echtes Tastgefühl.

Komm mein Muschelchen, komm. Ich hab sie! Öffnest du bitte die Ladeluke?" „Wie geht das?" „Es ist der gelbe Schalter links neben dem Handschuhfach." „Ok, Luke ist geöffnet. Um Gotteswillen. Mark, was kommt da aus dem Seetang auf uns zugeschossen?" „Wo?" „Von Steuerbord. Achtung! Festhalten!" „Ich habe einen Totalausfall des rechten Greifarms!" „Energieabfall in den Mikrofusionsreaktoren! Der Hydrauliköldruck sinkt!" „Dreh den Ölhahn zu! Gegensteuern!" „Die Steuerung reagiert nicht. Wir werden weggezogen!" „Verdammt tut das weh. Meine rechte Hand ist eingeklemmt!" „Die Mikrofusionsreaktoren nähern sich dem roten Bereich!" „Gib vollen Schub rückwärts! Mach schon! Voller Schub, hab ich gesagt!" „Mehr geht nicht, sonst fliegen wir in die Luft. Die Maschine hält das nicht mehr lange aus. Ich sehe nur noch Sand!" „Auf Flutlicht schalten! Und stell endlich die Alarmsirene ab!" „Wo? Das reißt uns auseinander!" „Setz sofort die Außenhülle unter Strom! Der blaue Knopf vor dir!"

Wo Beute ist, da sind Räuber. Töten um zu überleben gehört zur Natur. Doch sie sammeln zum Zeitvertreib lebende Objekte und lassen sie für ihre Sammelleidenschaft sterben. Das ist krank. Ihr Besitzen-Wollen bringt Unheil. Sie verletzten das Naturgesetz, von mir kann das keine Anerkennung erfahren.

„Vera, komm zu dir, bist du verletzt?" „Ich glaube nicht. Wo sind wir? Was ist geschehen?" „Ein kolossaler Alligator hatte sich in den rechten Greifer verbissen. Als er durch den Stromschlag losließ, hat uns der Rückschub in eine Höhle geschleudert. Zum Glück sind wir nicht auf einen Felsen aufgeschlagen. Der Heli scheint ganz schön was abbekommen zu haben." „Wir brechen sofort die Exkursion ab. Mark, bitte mach einen Schadenscheck. Wir fliegen zurück." „Das geht nicht, meine rechte Hand ist im Steuerhandschuh eingeklemmt." „Wie bitte? Warum sagst du mir das nicht gleich? Du bist ja ganz bleich. Hast du Schmerzen?" „Nur wenn ich lache." „Lass mal sehen. Im Handschuh scheint ein Überdruck zu sein, er hat sich zur Faust verkrampft. Das Hydrauliksystem reagiert nicht, ich muss die Hydraulikschläuche durchschneiden. Hast du ein Messer dabei?" „Nein, aber es kann sein, dass im Laderaum ein Werkzeugkasten ist." „Ok. Ich steige aus und schau, was wir haben." „Sei vorsichtig Vera und beeil dich." „Die Höhle sieht, bis auf die Flughunde an der Decke, unbewohnt aus. Ich öffne jetzt die Kuppel. Die Flut kommt bald, ich bin gleich zurück."

Über- oder Unterwasser, in großen Hohlräumen geschehen immer die erstaunlichsten Dinge. Ich wüsste zu gerne, wo sie gerade sind.

„Wie sieht's aus? Haben wir viele Schäden?" „Der rechte Greifarm ist zerfetzt, so können wir auf keinen Fall starten. Ich habe eine Blechschere auf einer Munitionskiste gefunden. Wofür brauchen wir eigentlich Munition, wenn wir keine Waffen dabei haben? Wie dem auch sei, das sehen wir uns später an. Zuerst befreie ich dich." „Auaaah. Tut das gut." „Ist das eine Sauerei mit dem Hydrauliköl. Versuch mal die Faust zu lösen." „Unmöglich, die Schmerzen sind höllisch." „Gut, dann werde ich den Handschuh vorsichtig aufschneiden. Mark? Fällst du mir um? Versuch regelmäßig zu atmen, wir haben es gleich geschafft. So, jetzt lässt er sich abziehen. Deine Hand scheint nicht gebrochen zu sein, die Quetschungen sind allerdings heftig. Geht's?" „Es muss." „Im Erste-Hilfe-Kasten ist leider kein

Schmerzmittel, aber ich mach dir einen Kompressionsverband und dreh die Aircondition runter. Halt deine Hand in den Luftstrom, sie muss unbedingt gekühlt werden." „Wie soll ich dir dann helfen? Wir kommen hier nicht weg, ohne den kaputten Greifer zu demontieren." „Jetzt wirst du erst mal deinen kaputten Greifer einfahren und hier sitzen bleiben. Ich steige noch mal aus, schraube den Schrott ab und verstaue die Einzelteile im Laderaum. Die Flut steht schon am Höhleneingang, ich muss mich beeilen." „Ich komme mit." „Du bleibst hier und kühlst deine Hand! Das ist ein Befehl. Mach die Kuppel hinter mir zu." „Ja, Frau Doktor."

Der Elfenbeinturm ihrer Technologie wackelt. Es war der mechanische Arm, der ihn verletzt hat, nicht der Alligator. Sie können den Harmlosen nicht dafür tadeln. In seinem unbefangenen Wesen liegt die Reinheit der Seele.

„Mark, öffne bitte die Kuppel." „Du bist ja ganz nass. Kann ich dir jetzt helfen?" „Das ist nicht mehr nötig, es ist alles erledigt. Wie es die Vorschrift will, habe ich unsere Spuren beseitigt und den Schrott im Laderaum verstaut. Das Wasser steht schon knöcheltief. Wir müssen los. Sag mal weißt du warum der Unterboden des Laderaumes eine Klappe hat und was das für seltsame Halterungen an der Decke sind? „Nein, ich war noch nicht da unten." „Was macht die Hand?" „Pocht, die Kühlung tut gut, aber zwölf Grad sind nicht gerade Zimmertemperatur. Ich bin schon ganz durchgefroren. Hast du die Höhle noch fotografieren können?" „Auch das, den Bericht schreiben wir später. Kannst du die Startschalter mit einer Hand bedienen?" „Das wird schon gehen, aber fliegen musst du."

„Machen wir einen Systemcheck, mal sehen, ob unser Heli noch anspringt. Steuercomputer?" „Im abgesicherten Modus" „Batteriestand?" „Auf dreiundvierzig Prozent. Sinkend." „Mikrofusionsreaktoren?" „Die Temperatur ist auf Normalwert. Einsatzbereit." „Steuerklappen?" „Backbord OK. Steuerbord OK." „Öldruck?" „Einundneunzig Prozent leicht fallend. Ich glaube, wir haben ein Leck." „Schubcontroler?" „Einsatzbereit, allerdings im abgesicherten Modus. Sieht soweit alles gut aus. Die Energie sollte für den Rückflug reichen. Wir haben verdammtes Glück gehabt."

„Wofür sind eigentlich die zwei roten Knöpfe am Steuer?" „Da habe ich auch schon gerätselt. Sie haben keine Funktion." „Warum blinken plötzlich alle Lämpchen? Die Flugsteuerung funktioniert nicht. Jetzt sitzen wir hier fest." „Kann es sein, dass wir noch im Tauchmodus sind? Dann wäre es ratsam den blauen Hebel nach oben zu ziehen, die Tauchtanks auszupumpen und den Flugmodus einzuschalten." „Tauchprotokoll, Zweiter-Expeditionstag, 17:57h. Wir hatten einen Unfall und leiten einen Notstart ein."

Ah, sie kommen zurück, das ging aber flott. Schon wieder diese dubiose Prozedur wie vorhin, nur umgekehrt. Das scheint eine Eigenheit ihrer Spezies zu sein, Häuten, wässern, neue Haut anlegen ...

„Mark, komm mit ins Labor. Ich mache sofort einen CT-Scan deiner Hand." „Bitte dreh den Monitor zu mir, ich möchte mir das gerne mit ansehen." „Die Knochen sind heil geblieben, dafür hast du Quetschungen in der ganzen Hand. Die tief liegenden Blutergüsse sind besonders schmerzhaft. Du wirst die Hand für ein paar Tage nicht bewegen können." „Na super, das kann ich gebrauchen." „Das heißt, immer schön ruhigstellen. Ein kühlendes Gel habe ich zum Glück gefunden. Du bekommst noch einen elastischen Verband, mehr kann ich nicht für dich tun. Willst du ein Schmerzmittel?" „Nein, ein Schnaps wär mir lieber." „Den könnte ich auch vertragen, aber wir haben keinen." „Im Kühlschrank stehen ein paar Seltersflaschen. Ich habe sie vorsorglich mit Marillenschnaps gefüllt, sag's bloß nicht weiter." „Du bist genial, das hätte von mir sein können. Aber vorher mache ich uns etwas zu essen."

Wie zerbrechlich diese kleinen Wesen sind. Zuerst spielen sie mit ihrem Leben als hätten sie zwei, dann sprechen sie von einem Unfall, ohne die Ursache in ihren Fehlhandlungen zu sehen. Gibt es eine Möglichkeit sie vor sich selbst zu schützen?

„Dein Schnaps ist hervorragend. Soll ich dir noch ein Brot machen?" „Danke, das ist lieb von dir, aber ich bin pappsatt. Lieber noch ein Stamperl. Sag mal Vera, was ich dich schon immer mal fragen wollte. Wie kamst du eigentlich zur Paläontologie?"

„Das ist eine lange Geschichte. Mein Großvater hat mich auf den Weg gebracht. Es begann als ich etwa sechs Jahre alt war. Ich bin zwar in Baden geboren, war aber im Nachbarort in der Schule. Mein Opa hat mich eines Tages dort abgeholt und mit angesehen, wie ich, umringt von anderen Kindern, heulend auf der Straße stand. Sie hänselten mich und riefen: „Schwefelkind, Schwefelkind." Er hat sich einen von ihnen geschnappt und mit seiner tiefen Bassstimme dermaßen herumgebrüllt, dass der Junge sich vor Angst in die Hose machte. Auf dem Nachhauseweg habe ich ihn gefragt, ob ich mein Leben lang ein Schwefelkind bleiben würde. Er sagte eine Antwort darauf könnten wir nur in der Therme in Baden finden. Wir fuhren hin und er bot mir einen Becher Schwefelwasser aus der Ursprungsquelle an. Es stank erbärmlich, und erst als er von einer Quellnymphe sprach, die er nur befragen könnte, falls ich von ihrem magischen Elfenwasser kosten würde, trank ich zögernd davon.

Er nahm einen Schluck Schwefelwasser, schloss die Augen und murmelte einen Orakelspruch. Kurz darauf sprach er mit flackernden Augen und einer hohen Stimme weiter. „Du bist etwas ganz Besonderes Vera, denn du hast von dem heilenden Schwefel der Elfen in deinem Blut. Nur außergewöhnliche Menschen werden als Schwefelkinder geboren, denke immer daran. Wenn dich Ängste oder Sorgen bedrücken, komm zu mir. Du stehst unter dem Schutz meiner Quelle, es kann dir nichts geschehen." Seine Komödie hob mein Selbstbewusstsein ungemein. Ich war mit einem Mal stolz darauf ein Schwefelkind zu sein und die Geschichte mit der Fee, unter deren Schutz ich jetzt stand, brachte meine Schulkameraden dazu mich mit anderen Augen zu sehen.

Ich wollte dann unbedingt wissen, wo die Fee wohnt. Wie tief ihre Wohnung im Berg liegt und wie sie das Wasser an die Oberfläche bringt. Mein Opa hat mich daraufhin auf Spaziergänge zum Felsenweg und in die Höhlen in den Hügeln mitgenommen und mir geduldig die Zusammenhänge erklärt. Er wusste sehr viel über die Thermenregion und die Geologie Badens und hatte eine unvergleichliche Art sein Wissen in fesselnde Geschichten zu verpacken. Ich weiß noch, wie er mir die ehemalige Küstenlinie des Paratethys-Meeres als Geburtsort der Wasserfee beschrieben hat. In meiner Fantasie entstand ein Ozean in der Ebene und stieg bis zu unseren Füßen die Hügel hinauf. Die Felsen wurden lebendig, indem er mir Figuren und Gesichter darin zeigte. Da gab es Grantler, Schelme, Philosophen, alle Schattierungen ihrer „Persönlichkeiten" kamen dabei zum Vorschein. Um sie zu dokumentieren haben wir unzählige Fotos gemacht."

Jetzt fühle ich mich aber geschmeichelt, die Fotografien würde ich mir gerne anschauen.

„Mein Opa schulte mein Auge für die Spuren der Erdgeschichte im Gestein und in der Landschaft. Ich habe ihm damals Löcher in den Bauch gefragt, mein Wissensdurst war unersättlich. Absolut alles wollte ich über die Erdgeschichte wissen. Eines Tages schenkte er mir das Bruchstück einer versteinerten Kammmuschel, die mein Urgroßvater im neunzehnten Jahrhundert bei Ausgrabungen mit dem Höhlenforscher Gustav Calliano in der Badener Königshöhle gefunden hatte. Sie stammt aus dem Badenium und hat mich mein ganzes Leben begleitet. Eigenartigerweise ist sie vor drei Jahren zusammen mit dem Fotoalbum der Felsengesichter und einem Teil meiner Kleidung aus meiner Wohnung verschwunden.

Wie dem auch sei, mir wurden die Geologie und die Paläontologie mit in die Wiege gelegt. Die Erforschung der Vergangenheit ist sozusagen meine Bestimmung. Hallo? Mark? Schläfst du schon?"

Diese Wesen scheinen in unüberwindliche Unwissenheit versunken zu sein. Was kümmert sie die Zeit? Diese Frage überwuchert sie, dabei ist es doch so einfach. Nichts vergeht, es transformiert sich nur. Eine wirkende Kraft, ein geistvoller, mächtiger Urquell belebt die ganze Natur. Alles ordnet sich von selbst. Dies bleibt zu allen Zeiten gleich. Wie soll es ihnen möglich sein etwas zum Wachsen zu bringen, wenn der Keim nicht in der Erde liegt? Sie glauben etwas zu erschaffen? Sie können nichts erschaffen, es ist ihnen nur gegeben zu ordnen und zu messen. Jetzt schlafen sie und achtsam schwebt der Mond über dem Wasser.

„Guten Morgen Herr Dr. Strebek. Aufwachen, Zeit zum Frühstücken." „Acht Uhr! Herrje, habe ich so lange geschlafen?" „Gute zwölf Stunden. Ich habe dich absichtlich nicht geweckt, dein Körper braucht die Ruhe. Wie geht es deiner Hand?" „Pocht, jetzt wo du fragst." „Den Helioquad habe ich wieder auf Vordermann gebracht. Das Leck in der Ölleitung habe ich gefunden, es hatte sich nur eine Schlauchschelle gelöst. Das Computersystem ist neu gebootet. Die Elektronik für den rechten Greifarm habe ich deaktiviert. Falls wir den zweiten Greifer benötigen, kann ich ihn bedienen, ich bin Linkshänder. Ach ja, die Sauerei mit dem Hydrauliköl habe ich gestern Abend noch aufgewischt und Wäsche gewaschen." „Du warst ja ganz schön fleißig. Ich bin zwar einhändig, hätte dir aber trotz allem zur Hand gehen können." „Zur Hand gehen ist gut. Die Batterien müssen noch ein paar Stunden aufladen. Wie wäre es, wenn wir, ich meine, nachdem du gefrühstückt hast, einen kleinen Ausflug zu Fuß machen?" „Aber nur im abgesicherten Modus, mit Betäubungsgewehr und in voller Montur. Wer weiß, was uns noch alles erwartet." „Wie schießt du denn mit Links?" „Keine Sorge, da bin ich Champion. Auf ein bis zwei Meter treffe ich todsicher."

Wenn ich nur wüsste, was diese Häutungen und Waschungen bedeuten. Möglicherweise ist es irgendein heiliges Ritual, das sie bei jedem Eintritt oder Verlassen der Kugel begehen.

„Ich würde sagen, wir gehen ein Stück die Sand-
bänke entlang, dann haben wir alles im Blick." „Ist das
schwül hier. Ich bin schon ganz durchgeschwitzt." „Du
wolltest doch die volle Montur. Wir kommen gleich in
den Schatten der Felsen, da wird es besser." „Vera,
sieh dir den Palmfarn an, der hat gute 30 Meter. Lass
uns ein Stück in den Dschungel gehen und Pflanzen-
samen sammeln." „Nein, das machen wir später. Hier
gibt es genug zu entdecken. Vor deinen Füßen zum
Beispiel: Esperiana adebartii acicularis, eine Wasser-
schnecke. Sie lebt heute noch in einigen Bächen der
Region. Besser gesagt, sie wird in unserer Zeit noch
leben. Zum Beispiel in Bad Fischau oder im Hainbach
von Bad Vößlau. Das Wasser der Bäche wird aus
warmen Quellen gespeist und hat ganzjährig vierundzwanzig Grad. Auf diese Weise konnten die Schnecken
die Eiszeiten überleben. Gib mir bitte den Behälter mit
dem Formaldehyd. Ich nehme einige zu vergleichen-
den Untersuchungen mit."

„Hörst du auch das jämmerliche Fiepen?" „Es
kommt aus der Erdspalte da vorn." „Vera, leuchte mal
mit der Taschenlampe hinab." „Da unten sitzt ein
Welpe. Ist der süß, er muss hineingestürzt sein und
kommt nicht mehr raus." „Süß ist gut, wenn er in seinem
Alter schon so große Pfoten hat, wie sieht er dann erst
ausgewachsen aus? Komm weiter." „Wir können ihn
doch nicht da unten lassen." „Willst du auf das
Muttertier warten?" „Papperlapapp, ich gehe jetzt da
hinunter und hole ihn rauf." „OK, du bist der Boss." „Gib
mir das Seil. Kannst du mich mit einer Hand sichern?"
„Allemal, so schwer bist du ja auch wieder nicht. Vera,
nicht so schnell, denk daran, ich bin einarmig." „Ich bin
gleich unten, gib Seil nach. Ich hab ihn. Bist du schwer

mein Kleiner. Du kannst das Seil straffen, ich steige jetzt auf." „Gleich hast du es geschafft, gib mir deine Hand." „Jetzt zappel doch nicht so. Nein, nicht das Gesicht ablecken!" „Was ist denn das für ein Tier? Das ist doch kein Hund, oder?"

„Mark! Bleib jetzt ganz ruhig. Auf gar keinen Fall umdrehen. Zehn Meter hinter dir sitzt ein Amphicyon. Lass dich ganz langsam nieder und hake unauffällig deinen Gürtel am Seil fest. Falls es brenzlig wird, bleibt uns nur die Flucht nach unten. Ich lasse jetzt das Junge los. Nicht umdrehen." „Amphicyon? Was geht da ab?" „Das Kleine tapst zu seiner Mutter. Sie leckt ihn und er beginnt zu säugen. Sie lässt uns nicht aus den Augen." „Was für ein Albtraum! Was macht sie jetzt?" „Sie wittert uns. Jetzt wendet sie sich ab und trottet mit dem Jungen Richtung Wald. Sie bleibt stehen und dreht sich um. Sie schaut mir direkt in die Augen. Jetzt verschwinden sie im Dickicht." „Ich habe es gewusst, Vera. Die ganze Aktion war völliger Irrsinn." „Das denke ich nicht, ich glaube eher, sie hat uns von Anfang an beobachtet. Wir sind von ihr nicht angegriffen worden, weil wir ihr Junges gerettet haben."

„Was war denn das für ein Vieh?" „Du bist zwar Paläobotaniker, aber der Name Amphicyon Pannonicus müsste dir eigentlich etwas sagen." „Tut es aber nicht." „Das ist im Moment auch gut so, es würde dich nur aufregen. Ich zeig dir später, wie die Tiere aussehen. Da kommt schon das tägliche Tropengewitter angezogen. Beeilen wir uns, dass wir zurück in die Zeitkugel kommen, bevor wir völlig durchweicht sind." „Ich entsichere jetzt das Betäubungsgewehr, vielleicht überlegt es sich die Bestie noch einmal und kommt zurück." „Wie du meinst. Geh du nur vor Mark, ich decke dir den Rücken."

Da sind sie ja wieder. Das Weibchen gefällt mir, sie hat die erste Lektion in Gelassenheit bereits bestens bestanden, nur das Männchen macht mir momentan Sorgen, es tappt weiterhin im Dunkeln.

„Hast du die Wendeltreppe eingefahren?" „Ja, der Helioquad ist übrigens betriebsbereit. Die Batterieleuchte zeigt grünes Licht, aber bei dem Regen können wir derzeit nichts sehen." „Dann essen wir etwas, ich mache uns Spaghetti." „Wolltest du mir nicht sagen, was das vorhin war?" „Stimmt, komm mit. Hier, unser elektronisches Bordlexikon. Du kannst dir den Artikel inzwischen ansehen. Dreh den Ton etwas lauter, solange ich in der Küche bin."

… das Wort ist aus den griechischen Wörtern amphí, beidseitig und kýōn Hund zusammengesetzt. Amphicyon bezeichnet eine ausgestorbene Gattung der Amphicyonidae. Das Tier kam im Miozän in Nordamerika, Eurasien und Afrika vor.

Amphicyon vereinigte Eigenschaften von Bären, die Krallen der beachtlichen breiten Tatzen, waren nicht rückziehbar und Merkmale von Katzen, wie die lange biegsame Wirbelsäule und der lange Schwanz, er diente zum Balancieren bei Verfolgungsjagden. Der Schädel hingegen war lang und hundeähnlich vorgestreckt.

Amphicyon war das mächtigste Landraubtier des mittleren bis späten Miozän. Die gewaltigen Tiere ernährten sich von Fleisch, das zeigen der Bau und die Abnutzungsspuren von fossilen Backenzähnen. Sie vereinigten dabei Eigenschaften eines Pirschjägers mit denen eines Hetzjägers. Der Körperbau spricht dafür, dass die Tiere sich wie heutige Großkatzen anpirschten und auch aktiv jagten, indem sie ihre Beute über längere Strecken verfolgt haben. Vermutlich wurde die Beute durch Bisse in Brustkorb und Halsbereich getötet.

Die starke Kaumuskulatur zeigt, dass diese Räuber in der Lage waren große Knochen aufzubeißen. Eine der bekanntesten Arten der Gattung war Amphicyon giganteus aus dem frühen Miozän. Die Männchen erreichten ein Gewicht von über 300 kg, die Weibchen wogen etwa 160 kg. Die Unterart Amphicyon pannonicus lebte bis ins Miozän in Österreich ...

„Die Spaghetti sind fertig! Komm zu Tisch." „Vera, das Essen ist hervorragend, möchtest du auch ein Stamperl?" „Danke nein, ich muss noch fliegen." „Warum hast du mir nicht gesagt, dass sich dieser Amphicyon hier rumtreibt?" „Ich dachte, das wäre dir klar. Es gibt hier einige Raubtiere, denen man besser nicht über den Weg laufen sollte." „Eigentlich will ich das alles gar nicht so genau wissen. Im Grunde ist es mir einerlei, welche Spezies mich frisst. Vera, ich denke, wir sollten jetzt losfliegen, sonst wird es zu spät." „Das wollte ich auch gerade vorschlagen. Das Wetter hat sich beruhigt und die Sonne kommt heraus. Hast du alles? Wir machen einen Ausflug an die Donau."

Rätselhaft sind mir die Zweibeiner. Ihren Taten fehlt der rechte Überblick. Scheuklappengleich fixieren sie sich auf die Überzeugung auf einer höheren Stufe als andere Wesen zu stehen und glauben dadurch ein Verfügungsrecht über sie zu besitzen. Ich kann zwar wahrnehmen, dass sie eine gewisse Achtung vor der Natur haben, doch ihr Verhalten ist mir völlig fremd. Sie töten harmlose Schnecken und retten ihren Fressfeind? Bei allem Respekt, das ist absurd.

„Bereit zum Startcheck, Mark?" „Alles Roger." „OK, Instrumentenkontrolle." „Ein/Aus Schalter?" „An" „Parkbremse?" „Entsichert, Batterien sind aufgeladen, der Helioquad ist einsatzbereit ..."

Die Unrast mit der sie ihre Lebenszeit verplempern ist erstaunlich. Ich hoffe sie verletzen sich dabei nicht wieder.

„Dritter Expeditionstag. Samstag, 11. Juli 14:37h. Wir überfliegen das Korneuburger Becken in einer weiten Schleife. Das Ur-Donaudelta teilt sich in unzählige Wasserarme. Soweit das Auge reicht, erstrecken sich Sümpfe, Altarme und schlammige Küstenstreifen. Der Sedimenteintrag des Flusses verteilt sich weit in die Pannonische See. Ausgedehnte Mangrovenwälder erstrecken sich an den Ufern. Die umliegenden Hügel- ketten sind mit dichtem Tropenwald bedeckt. Der Mangrovenwald ist durch die beginnende Flut nicht zu durchqueren. Wir werden daher auf einer Kiesbank an einem höher gelegenen Flussarm landen. Circa dreißig Meter vom vorgesehenen Landeplatz ist eine Schneise im Dschungel zu erkennen. Wir werden aussteigen, um im Wald Pflanzenproben zu entnehmen."

„Fahrwerk ausfahren." „Ist ausgefahren." „Bereit zur Landung." „Touchdown." „Alle Maschinen stopp. Mark, hast du den Teaser und das Betäubungs- gewehr?" „Yep." „Jetzt kannst du endlich den Paläo- botaniker rauslassen. Ab mit dir in den Dschungel." „Schau dir die riesigen Fußabdrücke im Uferschlamm an, Vera." „Das sind Flusspferd-, Gazellen- und Elefantenspuren, sie scheinen hier zu trinken. Bestimmt lauern auch Räuber auf sie. Wir gehen höchstens 500

Meter in den Dschungel hinein, weiter nicht." „OK. Das ist ja wie in der Sauna hier, nur mit Moskitobegleitung." „Und unheimlich, viele der Tierstimmen sagen mir nichts. Der Fluss ist schon nicht mehr zu sehen. Bei dem umgestürzten Baum da vorne machen wir halt und du kannst deine Pflanzen einsammeln." „Ist mir recht. Zuvor möchte ich ein kurzes Protokoll aufnehmen, gibst du mir bitte das Diktafon?" „Hier, bitte."

„Dr. Markus Strebek, Floraprotokoll, Donaudelta. Wir befinden uns in einem archaischen feucht-subtropischen Mischwald. Eschen und Linden ragen fast fünfzig Meter empor und beschatten mit ihren mächtigen Wipfeln das feuchtdunkle, undurchdringliche Unterholz. Auf den kolossalen Eichen hat sich das Moos von Jahrhunderten gesammelt. Ich sehe einen Holunderbaum von imposantem Ausmaß, er hat einem Stamm von mehr als drei Metern Durchmesser. Die Platane hinter uns erreicht fünfzig Meter oder mehr. Aus den Tiefen des Waldes dringt der Duft des Moders, der sich hier seit undenklichen Zeiten angesammelt hat. Ich schätze den Anteil der verrottenden Baumstämme, Äste und Blätter auf ca. hundert Kubikmeter pro Hektar. Fast ein Viertel der organischen Masse oberhalb des Erdbodens befindet sich in unterschiedlichen Stadien des Verfalls und wird durch unzählige Arten von Fungi und anderen eukaryotischer Lebewesen zersetzt."

„Der Dschungel ist mir nicht geheuer. Gehst du jetzt bitte deine Samen und Pflanzenproben einsammeln?" „Ja, sofort. Verzeih, bin ich erst einmal in Fahrt, finde ich kein Ende mehr." „Gib mir so lange das Diktafon und bleib in Sichtweite.

Prof. Vera Manzoni, Faunaprotokoll, Donaudelta: Dieser Wald erscheint mir wie der Ursprung der Fruchtbarkeit. Die hohe Biodiversität des Waldes zeigt sich im Besonderen bei den Insekten und Spinnentieren. Es krabbelt allerorten ... Mark! Komm sofort zurück! Es raschelt im Gebüsch, das Geräusch kommt immer näher!" „Ja, ich höre es. Los, schnell auf die Platane!" „Es sind nur Tapire, sie rennen vor etwas davon." „Da springt eine Katze hinter ihnen her." „Das wird nichts, die Tapire sind schneller." „Ist das nicht eine Säbelzahnkatze?" „Ja, ein Machairodus, es ist deutlich an den zwei Dolchen in seinem Maul zu erkennen." „Jetzt bleibt er auch noch stehen und wittert in unsere Richtung." „Duck dich!" „Er läuft weiter, ich glaube er hat uns nicht gesehen." „Aber bestimmt gerochen. Zum Glück kennt er keine Menschen, er kann mit unserem Geruch nichts anfangen. Falls er uns sieht, ist das allerdings etwas anderes. Wir bleiben besser noch etwas hier oben und warten ab, bis die Luft rein ist." „So kann ich nicht arbeiten, Vera, ich will nur noch weg hier. Ich fühle mich wie ein verfolgtes Tier. Bleibt man stehen, beginnen einen die Insekten aufzufressen. Bewegt man sich, läuft man über kurz oder lang einem Raubtier ins Maul." „Darüber habe ich auch gerade nachgedacht, wir bräuchten Soldaten zum Schutz. Siehst du die kleine Schlange neben dir auf dem Ast?" „Ja." „Das wäre die nächste Option nicht mehr heil nach Hause zu kommen." „Das halt ich nicht länger aus, lass uns so schnell wie möglich zurückgehen."

Ich war voreilig, den Zweibeinern mit den vielen Häuten mangelt es immer noch an gebührender Gelassenheit. Die Endgültigkeit der Schöpfung ist nicht bedrohlich und doch bereitet sie ihnen Angst. Eine

Erklärung ihres Verhaltens könnte sein, dass sie, anstatt sich gefühlsmäßig den Ereignissen zu stellen, der irrationalen Unvernunft ihres Verstandes folgen. Dergestalt ist ihr natürliches Sein widersprüchlich und sie bringen sich auch noch in Gefahr damit. Sie verlieren Zeit zum Reagieren, weil sie sich ständig gegenseitig vergewissern müssen, ob ihre Vorstellung der Welt die Richtige ist. Dauernd müssen sie reden, es kommt mir fast zwanghaft vor.

„Dritter Expeditionstag. 18:02 h. Wir sind auf dem Rückflug und nehmen Kurs entlang der Küste. In den Flussniederungen sehen wir immer wieder Herden von Dinotherien, Gazellen, Nashörnern und Flusspferden. Vogelschwärme umkreisen ihre Brutplätze in der Steilküste. Auf den Sandbänken liegen Alligatoren in den letzten Strahlen der Abendsonne. Die Zeitkugel schwebt wie eine Leuchtkugel über dem Badenerberg. Wir halten jetzt direkt auf sie zu und überfliegen die Mödlinger Bucht. Gruppen von Delfinen und Zwergwalen springen durch die Brandungswellen."

„Vera seit unserer Ankunft ist der Wurm drin. Unsere Ausbeute von drei Minischnecken in Relation zu der Gefahr, ständig angegriffen oder gefressen zu werden, ist nicht gerade motivierend." „Da muss ich dir beipflichten, sehr erfolgreich waren wir bislang nicht. Wir reden später darüber. Ankopplungsmanöver vorbereiten." „Roger." „Bereit zum Andocken." „Andocken eingeleitet. Vera? Siehst du die Gestalt da unten?" „Ich kann jetzt nicht. Ich muss einkuppeln." „Jetzt schau doch mal. Da, neben der großen Platane. Jetzt verschwindet es im Wald." „Es ist fast dunkel, ich sehe nichts." „Es sah aus wie ein riesiger Mensch!" „Das war ein Schattenspiel, deine Fantasie geht mit dir durch." „Sicher nicht! Es hat zu uns heraufgesehen und sich bewegt."

Wie kann ich Ihnen nur helfen? Ich kann noch nicht einmal ein Steinchen rollen lassen. Die Umwälzungen der Vergangenheit sind mir vertraut, doch mein Geist hat nur Einfluss in der zukünftigen Gegenwart. Ohne die beiden komme ich nicht mehr in meine physische Existenz zurück. Bisher haben sie überlebt. ... Herrje, sollten sie mich mit ihren ewigen Zweifeln angesteckt haben?

„Vera, komm bitte zum Computer. Ich habe mir nichts eingebildet, auf der Videoaufzeichnung ist es deutlich zu sehen. Da ist es, links unter dem Baum."

„Da war nur ein Schatten." „Warte ich zoome näher ran. Im Kopfbereich leuchten zwei Augen." „Das könnten auch Lichtreflexe sein." „Es beobachtet uns. Jetzt bewegt es sich und schlüpft ins Gebüsch." „Die Bewegung im Laub wird der Wind verursacht haben." „Schau doch rundum, es war Windstille. Ich schalte den Loop ein, dann wird es deutlicher." „Du hast recht. Jetzt erkenne ich es auch. Die Silhouette ähnelt einem großen Menschen oder Affen, was kann das nur sein?" „Ich weiß es nicht, doch es sieht ganz so aus, als ob wir hier nicht die Einzigen sind."

„Vera, mich juckt es wie verrückt." „Mich auch, das sind Moskitostiche." „Unter meinem Verband?" „Gut, dass du davon sprichst, wir müssen ihn wechseln. Die Stiche sind vielleicht von Grasmilben. Ups, wo sind sie denn jetzt hin?" „Es ist etwas auf deine Bluse gesprungen." „Gesprungen? Grasmilben springen nicht." „Hier, ich hab eine erwischt." „Das könnte ein Minifloh sein. Warte, ich sehe mir das Tierchen unter dem Mikroskop etwas genauer an. Interessant, ein Spinnentier. Arachnida. Ornithonyssus, würde ich sagen. Ich denke, sie sind von dem Welpen auf uns übergesprungen." „Und das heißt?" „Einen Moment, im Bordlexikon sollten sie verzeichnet sein. Hier, Ornithonyssus bacoti: Tropische Rattenmilbe. Sie springen tatsächlich wie Flöhe. Die Tiere kommen nur zum Blutsaugen auf den Wirt, danach halten sie sich wieder versteckt. Durch ihren Biss können sie Rickettsipocken, Tularämie, Enzephalitis, Krim-Kongo-Fieber, Borreliose oder ähnlich nettes übertragen. Gegen das meiste sind wir geimpft. Ich hoffe nur, es schlägt bei diesen uralten Virenstämmen auch an. Ihre Eier entwickeln sich binnen Tagen zu Nymphen."

„Ich frage mich, wie sie die Dekontaminationsdusche überleben konnten." „In deinem Verband, wir haben ihn nicht abgenommen." „Laut Sicherheitsvorschriften ist es uns untersagt, mit lebenden archaischen Lebewesen zurückzukehren." „Ich weiß, Mark. Wir müssen sie unbedingt loswerden. Es bleibt nur die ganze Zeitkugel zu sterilisieren, bevor ihre Eier ausschlüpfen. Wenn wir die Kugel vierundzwanzig

Stunden auf sechzig Grad aufheizen, wären wir unser Problem los. Hast du eine Idee?" „Schon, nur wo bleiben wir so lange?" „Wir könnten im Helioquad schlafen, das ist zwar etwas unkomfortabel, aber immer noch besser, als mit dem Milbenstamm im Gepäck weiterzumachen." „Im Heli warten sie bestimmt auch schon auf uns." „Es bleibt uns keine andere Wahl, Mark." „Na dann. Es ist zwar etwas kompliziert, doch ich kann die Klimaanlage umprogrammieren, dass sie sich erst bei einer hohen Temperatur einschaltet. Für so etwas habe ich ein Händchen." „Das linke oder das rechte?" „Du kannst mir helfen die Steuerung der Klimaanlage auszubauen. Den Thermostat müssen wir außerhalb der Kugel installieren und innen fast alle Instrumente abstellen. Sechzig Grad hält die Elektronik nicht aus."

Wie eng doch die Temperaturgrenzen sind, in denen sich das Leben abspielt. Sechzig Grad, lächerlich. Der Mond hat mir geflüstert, auf seiner Rückseite hätte es minus zweihundertsiebzig Grad und er friert nicht. Bei eintausendvierhundert Grad komme ich ins Schwitzen und beginne mir Sorgen zu machen. Selbst das ist nichts im Vergleich zur Temperatur der Minifusionreaktoren beim Start ihrer Zeitkugel. Auf der Digitalanzeige wurden einhundertfünfzig Millionen Grad angezeigt. Was solls, das sind nicht meine Probleme und eigentlich auch nicht die ihren. Die ganze Paranoia ist wieder einmal grundlos. Sie sollten es wissen, ein gesundes Immunsystem hält den Bissen von Rattenmilben allemal stand.

„Es ist schon nach zehn, wie weit bist du?" „So gut wie fertig. Um 11 Uhr wird die Sonne die Kugel auf sechzig Grad aufgeheizt haben. Ab dann wird die

Klimaanlage die Temperatur vierundzwanzig Stunden lang halten. Die Wabenisolation der Außenhülle lässt die Innentemperatur auch in der Nacht nicht absinken. Alle Festplatten und Prozessoren werden für diese Zeit abgeschaltet. Die Aircondition wird übermorgen ungefähr eine Stunde brauchen die Sphäre so weit herunterzukühlen, dass wir sie um zwölf Uhr wieder betreten können." „Gut, ich würde sagen wir schlafen uns noch einmal richtig aus. Wir haben einen anstrengenden Tag vor uns."

Kaum sind sie aufgestanden, schlafen sie schon wieder. An ihren Lebensrhythmus werde ich mich nie gewöhnen.

„Guten Morgen Mark. Das ist lieb, du hast ja schon Frühstück gemacht, ich beeile mich." „Ich bin schon lange wach, ich konnte nicht schlafen. Die ganze Nacht hat mich dieser Schatten am Waldrand beschäftigt." „Ja, er hat mich auch im Traum besucht. Ich dusche noch schnell. Kannst du mir ein Sandwich machen? Dann können wir gleich los." „Mach ich." „Da bin ich schon wieder, hast du alles?" „Ja, ab durch die Schleuse. Hier nimm den zweiten Funkschlüssel für die Zeitkugel an dich. Man kann nie wissen was passiert." „Na dann los." „Alle Systeme sind einsatzbereit."

„Startprotokoll. Vierter Expeditionstag. Sonntag, der 12. Juli 15.344.937 vor heute. 06:27h. Wir starten einen eintägigen Exkursionsflug durch den Ur-Wienerwald. Ready to go?" „Ready for Take Off." „Wo fliegen wir hin?" „Falls du damit einverstanden bist, würde ich mir gerne die Vegetation im Helenental genauer ansehen. Ich kam bisher nicht dazu auch nur eine einzige Pflanzenprobe zu nehmen. Wir könnten mit dem Greifer, einige Moose, Samen und Früchte von den Bäumen pflücken, dann müssen wir nicht aussteigen." „Gut, wir fliegen gemächlich zehn Meter über den Baumkronen. Kurs Süd-Süd-West, dann folgen wir der Schwechat Richtung Stausee. Sollen wir in den See abtauchen? Was hältst du davon?" „Nichts, von Alligatoren habe ich im Moment die Nase voll." „Wie du meinst, dann folgen wir weiter dem Fluss. Schön ists hier." „Vera, bitte wende. Ich glaube, ich habe etwas gesehen." „Was denn?" „Ich bin mir nicht ganz sicher. Könntest du mir das Foto aus der linken Seitentasche meines Rucksacks geben?" „Moment, hier bitte." „Siehst du unter der Felsbrücke die Steine im Tal? Rechts, zwischen den Bäumen auf der Sandbank." „Die Findlinge?" „Ja, genau, flieg bitte langsam darauf zu." „Das glaub ich jetzt nicht." „Schau, die Steine bilden die Gestalt auf dem Video von gestern!" „Die Ähnlichkeit mit der Aufnahme ist frappant. Vielleicht hast du recht und die Steine sind wirklich methodisch angeordnet. Das wäre eine Sensation. Landen können wir hier nicht, die Bäume stehen viel zu dicht. Wir werden auf dem Plateau aussteigen und uns von der Natursteinbrücke herablassen." „Aussteigen? Wollten wir nicht im Heli bleiben?" „Das muss ich auf jeden Fall mit eigenen Augen sehen. Mark, wenn es dir zu riskant erscheint, kannst du gerne hier warten." „So weit kommt es noch, dass ich dich alleine gehen lasse." „Das sind gute 80 Meter bis nach unten, schaffst du es mit einer Hand wieder hochzuklettern?" „Sicher nicht. Wir nehmen die Seilwinde. Mit der Fernbedienung können wir uns später wieder hochziehen." „Super Idee." „Den Heli lassen wir zur Sicherheit im Stand-by-Modus 50 Meter über der Brücke schweben." „Ist das nicht etwas übertrieben?" „Langsam weiß ich, dass hier alles möglich ist Vera. Oder kannst du ausschließen, dass irgendwelche Elefanten, Nashörner oder was auch immer, auf die Idee kommen, mit dem Heli Fußball zu spielen oder daran zu knabbern?" „Hier auf der schmalen Felsbrücke? Ich kann das zwar nicht ganz nachvollziehen, aber wenn es dich beruhigt. Warte, ich spreche noch schnell ein Protokoll. Vierter Expeditionstag. Sonntag, der 12. Juli, 07:12h. Wir verlassen den Helioquad, um eine anormale Steinstruktur im Helenental zu untersuchen."

Es ist denkbar, könnte sein, wäre möglich, lauter Ahnendes. In diesen Worten äußert sich lediglich Spekulatives. Der Grenze des Beweisbaren widersprechen sie trotzig. Unvermeidbar werden sie auf jede ihrer zufälligen Antworten neue bedeutungslose Fragen erhalten. Ist es ihre Selbstüberschätzung oder ihr Schicksal, ständig in diesem Laufrad zu rennen? Ihren Instinkt haben sie erfolgreich in ihren wahrscheinlichen Wahrheiten vergraben. Sie wollen Sicherheiß? Nichts ist sicher und nicht einmal das ist sicher. Sie wollen Gewissheit? Klarheit des Geistes ist nur im Zustand des inneren Gleichgewichts zu finden. Last Steine Steine sein und macht es wie ich. Was auch kommen mag, ruht gelassen in euch wie ein Berg. Sie hören mich nicht.

„Es ist unglaublich, die Findlinge sind eindeutig mit Absicht zusammengelegt worden. Einige wurden hierher transportiert, sie stammen nicht aus dem Helenental. Solche Dinge sind bisher nur aus der Megalithkultur bekannt, doch die Steinzeit liegt noch Millionen Jahre entfernt." „Vera, hörst du das Gekreische, knurren und fauchen? Wir sollten schleunigst weg von hier." „Es kommt aus der Nähe des großen Felsens der den Kopf der Figur bildet." „Sehen wir uns das auch noch an?" „Was denn sonst? Wenn wir schon hier sind." „Das habe ich befürchtet." „Da vorne ist ein Durchschlupf zwischen den Felsen. Mark, jetzt warte doch. Erst willst du nicht mitkommen, dann rennst du vor. Siehst du schon irgendetwas?"

„Ja, eine Säbelzahnkatze. Sie umkreist einen Affen, der so groß ist wie ich. Erstaunlich, er steht auf den Hinterbeinen und schwingt einen Stock. Ein Zweiter liegt blutend am Boden." „Lass mich mal sehen. Ich war mir vorhin noch unschlüssig als ich die Silhouette auf dem Foto sah, doch das sind eindeutig Gigantopithecus, Riesenaffen. Sie setzen sich mit einem Stock als Waffe zur Wehr, wirklich bemerkenswert. Gib mir bitte das Betäubungsgewehr."

„Wow! Volltreffer! Wo hast du schießen gelernt, Vera?" „Auf dem Rummelplatz." „Die Katze taumelt schon. Drei. Zwei. Eins. Schachmatt."

„Achtung Mark, runter! Ich glaube, der Riesenaffe hat uns gesehen. Jetzt beugt er sich über seinen Artgenossen und rennt in den Wald. Das ist die Gelegenheit die Tiere zu untersuchen. Nimm du die Waffe an dich und gib mir Deckung." „Der Affe ist übel zugerichtet worden. Lebt er noch?" „Ja, aber seine Atmung ist schwach und er verliert viel Blut. Ich werde sein Bein abbinden. Gibst du mir bitte den Erste-Hilfe-Beutel?" „Macht das noch Sinn? Ich meine, so wie der aussieht?" „Einen Versuch ist es allemal wert. Ich werde die Blutungen stillen. Die Wunden am Bein und in der Brust sind sehr tief. Sie müssen desinfiziert, vernäht und verbunden werden. Mehr kann ich nicht für ihn tun." „Und was dann? Willst du ihn mitnehmen? Vera,

der Bursche hat gut und gerne hundertvierzig Kilo."
„Das werden wir sehen. Was macht die Katze?" „Die
schnarcht wie ein Großer." „So, fertig. Das Tier sieht aus
wie eine Mischung aus Orang-Utan und Gorilla. Ich
schau mir mal sein Gebiss an. Mark, das wird dir gar
nicht gefallen, er hat noch Milchzähne. Mama und
Papa dürften etwas größer ausfallen." „Dann sollten
wir uns jetzt diskret entfernen." „Falls er zu sich kommt,
ist er hilflos. Der Säbelzahntiger wird in einer halben
Stunde aufwachen. Mit dem verletzten Bein kann der
Affe nicht davonlaufen, wir müssen ihn in den Schutz
der Felsen bringen."

„Irgendetwas stimmt hier nicht. Vera, lass uns
verschwinden, bei mir sträuben sich alle Nacken-
haare." „Ich weiß. Ich wollte dich nicht beunruhigen.
Wir werden beobachtet." „Was? Ich kann nichts
erkennen. Hast du nachgeladen?" „Ich denke, es ist
seine Affenhorde. Jetzt wirds spannend! Da kommt
einer von ihnen auf uns zu." „Ach du Sch… Unsere Be-
täubungspfeile sind viel zu schwach für so einen Koloss.
Der Kerl hat bestimmt drei Meter. Ich bewege mich
jetzt langsam rückwärts zu den Steinen zurück." „Keine
gute Idee, hinter dir sind auch schon welche. Nimm die
Waffe runter, sie ist sowieso nicht geladen. Sag mal,
hast du noch von deinen Vitaminbonbons?" „In
meiner Westentasche. Du willst doch jetzt kein Bonbon
lutschen?" „Das ist eine vertrauensbildende
Maßnahme. Gib mir eins und biete dem Riesenaffen
dann ebenfalls welche an." „Tut mir leid, meine Knie
zittern, der riecht bestimmt meinen Angstschweiß."
„Ok. Ich übernehme das, links oder rechts? Schließ die
Augen, dann siehst du ihn nicht mehr." „In meiner
linken Tasche, glaub ich." „Langsamer atmen, Mark.

Es funktioniert. Er beugt sich herunter und riecht an den Bonbons. Entwarnung, er frisst mir aus der Hand!" „Vera, irgendwas schnüffelt an mir und zieht an meinen Haaren!" „Ruhig bleiben. Die Riesenaffen scheinen nicht aggressiv zu sein. Alles ist gut." „Was war das für ein knackendes Geräusch? Was machen sie jetzt?" „Das Alphatier hat die Narkose der Katze beendet. Er hat ihr das Genick gebrochen." „Das ist nicht gut, das ist gar nicht gut. Ich bin wie gelähmt, meine Knie sind weich wie Pudding." „Mark, fall mir nicht um, immer schön durchatmen. Der Riese hebt den Kadaver über seinen Kopf und schleudert ihn in den Fluss." „Das schwere Vieh? Einfach so? Wie viele sind noch da?" „Hinter dir stehen zwei Männchen. Aus dem Wald kommen weitere. Soweit ich erkennen kann, sind es drei Weibchen mit zwei Jungtieren und dem Halbwüchsigen von vorhin. Zusammen mit dem Verletzten sind es zehn."

Die Zweibeiner haben ihre Familie gefunden. Wie schön, sie können von ihnen lernen. Ihre Verwandten leben das innewohnende Weltverständnis. Sie wissen um ihre frei bewegliche Seele. Weder ihr Leib, Krankheit noch der Tod kann sie sorgen. Durch ihr Selbstverständnis erblicken sie in jedem Steinchen, jeder Pflanze, jedem Tier, an jedem Ort, die Lebenskraft die alles beseelt. Das sind erfreuliche Gedanken. Ich hoffe, sie kommen bei den Zweien an.

„Mark? Hörst du mich?" „Ja, aber nur ganz schwach. Wieso benutzt du den Sender? Ist schon wieder was passiert?" „Bleib ganz ruhig, ich konnte nicht so schnell reagieren. Der Riesenaffe hat mich unter seinen Arm geklemmt und ist mit mir in den Wald gerannt. Mir ist nichts geschehen. Ich bin in einer

Baumkrone mit ihm. Was ist mit dir?" Ich stehe krrrr immer noch krrrr." „Mark?" „Krrrr - … Mein Transponder …, krrrrkrrk krrrr. Ein Affe hat ihn - - -" „Mark! Mark?"

Nur Demut kann ihre Urangst vor der Natur lindern. Ihre Verbindung ist abgerissen. Na gut, sie werden sich schon zu helfen wissen. Bis sie wieder auftauchen, erfreue ich mich der alten Zeit.

„Vera, bitte melde dich!"

Es ist erfreulich, das Signal wieder zu hören. Jetzt bin ich wirklich neugierig, was sie zu erzählen haben.

„Vera, bitte melde dich!" „Mark! Wo bist du?" „Im Helioquad, ich habe dein Transpondersignal aufgefangen. Du musst direkt unter mir sein. Siehst du das Seil?" „Ja, es kommt zwischen den Ästen herab." „Hake dich ein, ich ziehe dich hoch."

Sie haben sich wieder, dann ist ja alles gut.

„Bist du verletzt?" „Nein und du?" „Zum Glück nicht, ich konnte rechtzeitig entkommen." „Entkommen? Haben sie dich angegriffen?" „Nicht direkt. Als du plötzlich weg warst, sah ich wie die Affen das verletzte Jungtier untersuchten. Eine alte Äffin sprang in den Wald davon und kam mit Büscheln von Blättern zurück. Sie begann sie zu zerkauen und spuckte den Blattbrei auf ein Bananenblatt. Dann wickelte sie dem Verletzten die Mullbinden ab und verteilte den Pamp auf seinen Wunden. Später trugen sie ihn in den Dschungel. Zwei Männchen waren zurückgeblieben und starrten auf mich herab. Ich dachte, mein letztes Stündlein hätte geschlagen. Einer packte meinen Arm und der andere drückte auf meine verbundene Hand. Ich schrie auf vor Schmerz und bin in die Knie gegangen. Dann kam die Alte mit einer Kokosnussschale und flößte mir eine bittere Flüssigkeit ein.

Von dem Zeug wurde ich bewusstlos und bin erst heute Morgen wieder zu mir gekommen. Die Affen hatten mich auf Büscheln von Gräsern gelegt und beobachteten mich aus einiger Entfernung. Ich war panisch vor Angst und dachte, sie wollten mich fressen. So schnell ich konnte rannte ich zu den Findlingen und bevor sie mich

greifen konnten, glitt ich durch die Felsspalte. Sie kletterten über die Felsen und verfolgten mich weiter. Gerade noch rechtzeitig fasste ich unser Seil und ließ mich von der Seilwinde in den Heli hochziehen. Ich bin dann knapp über dem Fluss zu der Stelle mit den Findlingen geflogen. Als ich kein Zeichen von dir sah, begann ich über dem Dschungel zu kreisen. Ich konnte dein Transpondersignal orten, aber es hat sich ständig bewegt. Immer wieder habe ich vergeblich das Seil durch die Baumkronen herabgelassen. Da vorne schwebt die Zeitkugel. Wir sind gleich in Sicherheit."

Ich fasse es nicht, sie reden schon wieder von Sicherheit. Dabei ist ihnen bei ihrem Ausflug gar nichts passiert. Ah, da sind ja die ersten Bilder. Erschöpft sehen sie aus.

„Hast du dir die Blätter um die Hand gebunden? „Nein, ich bin so aufgewacht. Kannst du mir das Blattzeug abmachen? Sie haben es mit Baststreifen verknotet und es juckt furchtbar. „Zeig mir deine Hand. Einen Augenblick, ich schneide die Knoten durch. Tut das weh?" „Nein." „Streck mal deine Finger aus und mach dann eine Faust." „Das gibts doch nicht. Ich kann sie wieder bewegen." „Mich wundert das überhaupt nicht." „Wieso?" „Wie es aussieht, haben sie deine Hand mit einer Kräuterpackung geheilt. Ich werde eine Probe davon nehmen und die Zutaten

bestimmen." „Die Affen sollen mir geholfen haben?"
„Na, wer denn sonst?

Hör zu, was mir inzwischen alles passiert ist. Ich muss gestehen, mir war auch ziemlich mulmig, als mich der Riesenaffe gepackt und unter seinen Arm geklemmt hat. Es ging so rasend schnell, mir blieb keine Sekunde zum Nachdenken. In der schwindelnden Höhe einer gigantischen Ulme fand ich mich wieder. Er setzte mich behutsam auf einen Stein inmitten einer Art Baumhütte und ließ sich mir gegenüber nieder. Wie um mir zu zeigen, dass ich keine Angst vor ihm zu haben brauchte, legte er seine riesigen Hände offen in den Schoß. Er sah mir regungslos in die Augen. Mich überkam das Gefühl, vor einem Buddha zu sitzen. Seitdem ist er für mich Gautama. Bedächtig griff er eine Kokosnussschale, schöpfte aus einem Hohlraum im Stamm Wasser und bot es mir an. Ich fasste sofort Vertrauen. Ich wusste, dieses Tier würde mir niemals etwas zuleide tun.

Staunend sah ich mich um. Stell dir vor, der gigantische Baum ist die Wohnlaube der Horde. In seiner Krone haben sie einen aus Lianen verflochtenen Boden eingefügt. Ihre Schlafplätze sind mit einem dichten Regenschutz aus Palmblättern verwoben. Alles ist kunstvoll mit allerlei bunten Steinen und bizarr eingefärbten Wurzeln ausgeschmückt. Ihre Formen ähneln Tieren oder Gesichtern und scheinen eine magische Bedeutung für die Affen zu haben. Vor manchen Objekten stehen ausgehöhlte Kalebassen mit Früchten und Blumen darin.

Während ich mir ihre Gegenstände betrachtete, kamen die Affen mit dem Verletzten den Baum herauf und lagerten ihn vor Gautama. Es ging ihm sehr schlecht. Ich erhob mich und kniete mich neben ihm nieder. Sein Puls war kaum noch spürbar. Die alte Äffin, du kennst sie ja bereits, legte eine Blüte auf die Brust des Sterbenden. Die anderen taten es ihr gleich. Eine gefasste Stille breitete sich aus. Die ganze Zeit hielt ich seine Hand. Friedvoll sah er mich an, bis seine Augen ihren Glanz verloren und erloschen. Ich fühlte, wie er ging und war tief berührt.

Gautama hob den Verstorbenen auf und hangelte sich mit ihm den Baum hinab. Die Alte bedeutete mir auf ihren Rücken zu steigen und alle folgten sogleich. Lautlos bewegten wir uns durch den Wald. Kein Astknacken war zu vernehmen. An einem großen Ameisenhügel hielten sie an und Gautama legte den Leichnam mitten hinein. Der Körper verschwand allmählich in einer heranströmenden Woge von Waldameisen. Die ganze Nacht verbrachten wir mit dem Toten. Die Affen summten Melodien und wiegten sich. Als der Morgen nahte, hatten die Ameisen das Skelett restlos entfleischt.

Die Affen stießen Stöckchen in den Ameisenhaufen und begannen die Ameisen zu essen. Gautama reichte mir einen Stecken, doch ich verzichtete dankend auf das Frühstück. Einige Zeit später sammelten sie die Gebeine ein und wir wanderten weiter. Vor einem mächtigen Birnbaum machten wir Halt. Ich hatte Hunger und wollte eine Frucht vom Baum pflücken, doch Gautama hinderte mich daran. Die Gruppe begann junge Äste mit Steinen zu bearbeiten und lange Faserstreifen auszuzupfen. Diese knoteten sie an die Knochen und setzten Schritt für Schritt das ganze Skelett zusammen. Anschließend umwickelten sie die Gebeine wie eine Mumie und hängten den Toten in die Baumkrone. Jetzt begriff ich, warum niemand nach dem Obst griff. Die Früchte waren für den Toten. Abschließend umarmten sie gemeinsam den Stamm und wir brachen auf. Die durchwachte Nacht war allen anzumerken. Müde trotteten wir einen Wildpfad entlang, bis sie unvermittelt stehen blieben und aufmerksam in die Baumkronen sahen. Im dichten Blattwerk konnte ich nichts erkennen und als ich mich umblickte, war ich allein. Dann hörte ich den Motor des Heli und sah das Seil."

„Was du da erzählst, klingt fantastisch. Die Wiege der Kultur ist demnach fünfzehn Millionen Jahre alt, vielleicht sogar wesentlich älter. Ich schäme mich, dass ich so ein Hasenfuß bin. Wäre es nach mir gegangen, hätten wir das alles nie erfahren. Du bist bewundernswert."

*Wir können den Wind nicht ändern,
aber die Segel anders setzen.*
Aristoteles

Es ist 04:35h. Wir entweichen den vergangenen Zeiten. Ich kann nicht sagen, wo und wann unsere Reise enden wird. Mark schläft tief und ich nutze die Zeit, um eine Flaschenpost zu vervollständigen. Ob ich sie jemals dem Wasser übergebe oder sie jemand findet, ist nebensächlich. Wesentlicher ist meinen raum- und zeitlosen Erlebnissen Zeugnis abzulegen und die Aufzeichnungen die mir das Gestein eingab bis ins heute weiterzuschreiben.

Es ist noch nicht lange her, da saß ich verloren inmitten der dunklen Nacht des Vergessens an der Steilküste, doch unvermittelt erhellten sich die Schatten und blitzartig beendete ein Lichtschein meine Gedächtnisstörung. Das Leuchten glitt die Felsen herab und ich erkannte Gautama wie er sich behände die Felsvorsprünge hinunter schwang. Wie ein grell überblendeter Zeitrafferfilm, lief mein bisheriges Leben vor mir ab. Ich sah Marks Gesicht und wusste augenblicklich, wer ich bin. Gautama kam auf mich zu und schützte mich mit seinem Schatten vor der grellen Sonne. Sein Blick schweifte über die Bucht. Mit verhaltenem Atem lauschte er dem Wind und betrachtete aufmerksam die Felsformation bevor sich seine Augen mir zuwandten. Ich vernahm seine zwanglose Aufforderung mich aufzurichten und ließ mich von ihm auf seine gewaltigen Schultern heben.

Während Gautama mit mir die Steilwand emporkletterte erblickte ich über uns neugierige Affenköpfe die nach uns Ausschau hielten. Kaum hatten wir den

Klippenrand erreicht schwang er sich in die Bäume. Ein wilder Ritt durch die Wipfel der Urwaldriesen begann. Gautama galoppierte leichtfüßig über die mächtigen Äste, hangelte sich behände in den Lianen von Baum zu Baum oder sprang kurzerhand von einer Baumkrone in die nächste. Mitunter wurden wir von den anderen Riesenaffen überholt. Mit ungeheurer Präzision bewegten sich die gewaltigen Tiere durch die Baumstraßen des Dschungeldachs, kein Blatt streifte mein Gesicht. Das wilde Auf und Ab endete jäh indem Gautama in einen weit ausladenden Ast eines Ginkgobaumes sprang. Unser Gewicht zog uns wie in einem Aufzug zum Waldboden hinab, dann hob er mich von den Schultern und stellte mich zwischen die Bäume. Durch das Blattwerk erkannte ich unsere Zeitkugel, wie eine gigantische Seifenblase schwebte sie im Nachmittagshimmel.

Ich blieb zunächst unbewegt stehen, denn ich entsann mich den Geschehnissen vor meinem Blackout. Nachdem wir uns von den Kraftanstrengungen einigermaßen erholt hatten, wollte Mark unbedingt noch einmal losfliegen um die Heimstätte der Riesenaffen zu finden. Er sah in ihnen die ersten Badener und wollte sich bei ihnen bedanken. Wir wussten, es würde schwierig werden. Unsere einzigen Anhaltspunkte waren, dass die Affen in einer Ulme lebten und die ungefähren Koordinaten des Birnbaumes. Der Totenbaum stand inmitten dichten Urwalds, fünfzehn Kilometer südwestlich von uns.

Auf gut Glück flogen wir los. Ulmen gab es zuhauf, doch nirgends entdeckten wir eine Spur der Affen, dafür bemerkten wir unliebsame Gäste an Bord. Ein Stamm kleiner roter Waldameisen marschierte plötzlich aus einem Kabelschacht ins Cockpit und eroberte zügig den Innenraum. Sie hatten unser Lunchpaket entdeckt und begannen die Sandwiches fachgerecht zu zerlegen. Angewidert versuchte ich in einer Plastiktüte zu retten, was noch zu retten war, das fanden sie weniger lustig. Sie gaben das Zeichen zum Angriff und fielen ohne große Umstände über uns her. Von allen Seiten krabbelten sie an uns hoch und begannen zu beißen. Während wir sie verfluchten und wild um uns schlugen, kam es zu einem Kurzschluss in der Steuerungselektronik. Mark öffnete die Abdeckung des Cockpits und fand ihr Nest zwischen verschmorten Elektronikteilen. Alles ging rasend schnell. Die Kontrollinstrumente spielten verrückt und sämtliche Warnlampen blinkten auf. Ein ohrenbetäubender Maschinenlärm hob an und machte jegliche Verständigung unmöglich. Rauch quoll aus dem Triebwerk und strömte ins Innere. Mark riss den Steuerknüppel mit aller Gewalt nach oben, doch verlor er die Kontrolle über den Helioquad. Unsere rauchgefüllten Lungen rangen nach Luft. Ich sah, wie wir auf einen Berg zurasten und hörte Marks Schreie. „Wir müssen sofort raus! Halt dich fest!" Die Glaskuppel sprengte sich ab und im peitschenden Wind katapultierte mich der Schleudersitz aus der Maschine. Schlagartig unterbrach das ruckartige Entfalten des Fallschirms das lärmende Chaos. Stille umgab mich und ich konnte wieder atmen. Ich spürte erneut die Bisse der Ameisen und sah den rauchenden Helioquad wie er sich um sich selbst drehte und schnell an Höhe verlor. Er jagte noch einmal steil nach oben, streifte den Bergkamm und verschwand hinter dem Grat. Ein kolossaler Lichtblitz blendete mich kurz darauf. Die Explosion der

Mikrofusionsreaktoren hatte den Helioquad in seine Elementarteilchen zerlegt. Vor der gewaltigen Rauchsäule schwebte ein Fallschirm. Mark hatte überlebt, doch die Winde wehten uns auseinander. Mark flog ins Landesinnere, während ich dem offenen Meer zutrieb. Die Bilder der Haie und Alligatoren wurden mir lebendig. Hastig versuchte ich den Fallschirm in eine Bucht unter mir zu lenken und um Haaresbreite wäre es mir geglückt unbeschadet zu landen. Unerfreulicherweise blieb ich in der Steilwand hängen und baumelte kopfüber fünf Meter über dem Strand. Die brennenden Bisse der Ameisen machten mich fast wahnsinnig. Um den Quälgeistern zu entkommen, schnitt ich mich panisch los und stürzte in den Sand. Ich nahm noch wahr, dass mein Fallschirm aufs Meer hinaus geweht wurde, dann verlor ich das Bewusstsein.

Grelle Vogelstimmen weckten mich aus meinen Erinnerungen, die Affen waren verschwunden. Mein erster Gedanke galt Mark und ich eilte zur Zeitkugel. Alles war noch genau so, wie wir es gestern verlassen hatten. Mark musste also irgendwo da draußen sein. Mit zitternden Händen startete ich die Bordcomputer. Sein Notfunksender zeigte mir seine Position auf dem Bildschirm. Er befand sich ungefähr fünfundzwanzig Kilometer entfernt in der Nähe der Hohen Wand. Ohne lange zu zögern, stellte ich eine Notfallausrüstung zusammen, verschlang hastig ein Sandwich nach dem andern und wollte gerade aufbrechen, als sein Positionslicht zu blinken begann. Es bewegte sich langsam auf die Kugel zu. Ich stieg aus und erwartete Mark vor der Zeitkugel. Nachdenklich und mit pochendem Herzen saß ich auf einem Stein inmitten der Lichtung.

60

Mark war mein Garant für eine halbwegs gesicherte Normalität in dieser vergangenen Welt, ohne ihn erschien mir alles Weitere sinnlos. Die Dämmerung brach herein und die Nachtgeräusche des Dschungels begannen. Ich war hundemüde, doch meine Anspannung wuchs von Minute zu Minute. Unvermittelt traten die Riesenaffen aus dem Dickicht. Mark klammerte sich wie ein Baby an Gautamas Brust. Er sah sehr mitgenommen aus, sein Körper war zerkratzt und zerschunden. Gautama übergab ihn mir in die Arme. Es war das erste Mal, dass wir uns so nah waren, weinend vor Glück standen wir fest umschlungen und konnten uns nicht voneinander lösen. Gautama wusste uns in Sicherheit und überließ uns wieder uns selbst. Tatenlos sahen wir zu, wie die Affen lautlos im Dickicht verschwanden.

Später erzählte mir Mark, dass er nach der Explosion hilflos mit ansah, wie ich aufs offene Meer hinaus trieb. Er selbst landete in einem Baum und verstauchte sich den Knöchel als er heruntersprang. Hinkend versuchte er sich in Richtung Küste durchzuschlagen, verirrte sich aber hoffnungslos. Die Affen fanden ihn am Ende seiner Kräfte in einer moosigen Felsnische.

Es gibt kein gutes Leben im Falschen. Das meinige war bisher nur leerer Schein. Mein ganzes Leben habe ich den Überbleibseln ausgestorbener Tiere gewidmet, und wofür das alles? Tote Objekte bewunderte ich, anstatt die lebenden Originale zu beachten. Nachdem ich mehrfach dem Tode entronnen bin, erfasse ich, wie schnell meine Lebensuhr abläuft. Gesetz dem Falle, ich wäre im Badenium gestorben und meine Leiche versteinert, welche aussagekräftigen Spuren meiner Hoffnungen, Enttäuschungen, meiner Freude, meiner Ängste, meines Lachens oder meiner Tränen könnte man heute noch finden? Knochen sagen nichts über die Gefühle der Lebewesen. Erst heute verstehe ich die wahrhaftige Aura der Fossilien. Ich war blind. Mit ein klein wenig mehr Verständnis und Einfühlungsgabe wären sie mir zum Leben erwacht.

Bei Mark finde ich wesensgleiche Selbsterkenntnisse. Die Irrlichter, denen wir hinterherjagten, zeigten uns lediglich unsere Ohnmacht vor dem Unerreichbaren. Fragmente trennten wir mit immer komplizierteren Geräten aus ihren Zusammenhängen. Dabei ging uns der unmittelbare Kontakt, die Erfassung der Wirklichkeit des Ganzen verloren. Das ständige Produzieren einer Halbwelt verstellte uns den Blick auf das Eigentliche. Die wissenschaftlichen Abhandlungen, unsere ganzen Formblätter, Tabellen, Verzeichnisse und Schubladen, all unser angesammeltes Halbwissen war zu abstrakt, um den wahrhaften Gehalt der Erscheinungen zu erkennen. Wir wissen weder, was Materie ist, noch wie man Zeit und Raum exakt definieren kann.

Der Tunnelblick der Forschung birgt eine Sackgasse. Das Licht, das wir manchmal am Ende des Tunnels zu erblicken glaubten, erwies sich als entgegenkommender Zug. Unsere ganzen methodischen Untersuchungen bestanden darin, irrelevante Erkenntnisse aufzuhäufen. Im besten Falle konnten wir wissenschaftliche Irrtümer aufdecken und durch plausiblere Hypothesen ersetzen. Subjektive Auslegungen gibt es genügend, wir brauchen keine mehr. Solange es für unsere Karriere, für Einkommen und Sozialprestige nützlich war, haben all unsere Theorien und Interpretationen mehr mit unseren eigenen Interessen und

Meinungen zu tun gehabt als mit der Frage nach dem Leben selbst. An den wesentlichen Fragen des Lebens haben wir uns elegant vorbeigeschlichen, indem wir versuchten die Natur in Gebrauchsanweisungen festzuhalten. Die einzige unwiderlegbare Wahrheit ist, dass es die eine Wahrheit nicht gibt.

Ein Windhauch verweht unsere Lebenszeit. Während ich die Vergangenheit aufzeichne, spüre ich, wie unbeständig alle Dinge in Wirklichkeit sind. Jedes Anhaften daran ist vergeblich. Entscheidungen zu treffen, bleibt das alleinige Gebot der Gegenwart. Mein Lebenslauf hat mich in die Vergangenheit geführt, doch auch hier gibt es keine andere Zeit als die, in der wir uns bewegen.

Die Urzeit stellt keine Fragen an das Leben, sie ist es. Gigantopithecus kennt kein Feuer, keinen Strom, keine Kleidung, weder Auto noch Schminke, es gibt keine Supermärkte, kein Fernsehen, kein Smartphone, keinen Computer, kein Internet, kein Toilettenpapier und keine Wissenschaft. In der archaischen Welt des Badenium werden wir mit unseren zivilisatorischen Anhaftungen immer ein Fremdkörper bleiben. Wir gehören nicht in die Vergangenheit, doch wohin dann? Ich weiß nur eines mit Gewissheit, das Zeitexperiment hat uns aus unserem bisherigen Leben herauskatapultiert. Ohne Gewissensbisse werden wir uns nicht mehr im heute zurechtfinden.

Nachdem wir uns gründlich ausgeschlafen hatten, fassten wir den Entschluss, bei unserer Rückkehr ein Biosphärenreservat für das Badenium einzufordern. Die Achtung vor der Schöpfung gebot uns, einen dringenden Appell an den wissenschaftlichen Rat und an die UNESCO zu richten. Gautamas Welt musste vor äußeren Einflüssen geschützt werden. Wir sorgten uns, dass das Tor zu einem unkontrollierten Paläo-Tourismus aufgestoßen werden könnte. Darüber hinaus empfanden wir die Vorstellung, dass hemmungslosere Forscher wie wir mit haarsträubenden Experimenten im Kopf und Coca Cola im Bauch durch den unberührten Urwald Gautamas herumtappen könnten. Strickte Verhaltensregeln, eine andere Art der Ausrüstung und eine neue Sicht unserer Forschungsmethoden waren dringend erforderlich. Wir beschlossen unsere Expedition in diesem Stadium abzubrechen und nicht wie geplant am nächsten Tag, sondern sofort nach Baden zurückzukehren. Es kam jedoch alles ganz anders.

Mark hatte die Idee, die weitere Entwicklung Badens zu erkunden und vor unserer Rückkehr einen Zeithüpfer in die Zukunft zu machen. Zu unserem Erstaunen war die Programmierung der Zeitmaschine schreibgeschützt. Um sie zu ändern, benötigten wir das Administratoren-Codewort. Mark setzte unserem bordeigenen Quantencomputer darauf an. Eine Stunde später spuckte die Maschine ein seltsames Passwort aus: „10000-jähriges/Reich".

Es zeigte sich Befremdliches. Die Zeitmaschine war derart eingestellt, dass sie während unserer letzten geplanten Exkursion automatisch abfliegen und sechs Monate früher als geplant nach Baden zurückkehren sollte. Zu diesem Zeitpunkt war sie noch nicht fertiggestellt und nur wenige Menschen wussten etwas von dem streng geheimen Projekt. Wir sollten in der Urzeit zurückgelassen werden. Eine Verschwörung lag auf der Hand. Das Badenium-Experiment war nur der Deckmantel für ganz andere Pläne. Wir waren die

Versuchskaninchen ins Ungewisse abgeschossen, um die Zeitmaschine zu testen.

Als sich der erste Schock gelegt hatte, übergab ich Mark meine Aufzeichnungen vom Strand. Ich befürchtete schon, er würde mich für schizophren halten. Das Gegenteil war der Fall. Er war höchst erstaunt, dass ich die transzendenten Eingebungen des Berges empfangen konnte und aufgeschrieben hatte. Es waren nicht nur unsere Erlebnisse, die ich hörte. Das Gestein hatte Teile der Liveübertragung des Baden-TV kurz vor dem Start wiedergegeben. Diese konnten wir nicht mitverfolgen, mit dem Verschließen der Steuerkapsel brach unsere Videoverbindung ab.

Erst die Videoaufzeichnung der Außenkamera während des Countdowns sollte uns die Augen öffnen. Zickau stand direkt unter uns während des Interviews mit dem TV-Sender.

„Hier ist Franz Trubler vom Baden-TV. Neben mir steht Herr Professor Zickau, er ist Obmann des wissenschaftlichen Rates des Zeitforschungsinstituts der Universität Baden. Herr Professor, wer hat die Zeitkapsel konstruiert?" „Müssen Sie schon wieder damit anfangen? Die Technologie ist meine Entwicklung!" „Die Maschine basiert also nicht auf Plänen von Dr. Strebek?" „Wenn Sie mit dieser Frage weitermachen, beende ich sofort unser Gespräch." „Nun gut. Es gab in letzter Zeit einige Fragen zur Finanzierung des Projekts. Wurde die Zeitmaschine für militärische Ziele konstruiert?" „Ich weiß nicht, wer Ihnen diese Verschwörungstheorie in den Kopf gesetzt hat. Die Novotech Holding GmbH arbeitet unabhängig und rein wissenschaftlich. Um den Haushalt des Wissenschaftsministeriums nicht über Gebühren zu belasten, wurden Entwicklung und Bau der Zeitmaschine aus Sondermitteln des Verteidigungshaushalts finanziert." „Das klingt löblich, doch die politischen Hintergründe bleiben weiterhin undurchsichtig." „Zum letzten Mal, unterlassen Sie Ihre unredlichen Unterstellungen! Menschen werden ins Badenium reisen! Heute wird Geschichte geschrieben und sie haben nichts Besseres zu tun als dumme Fragen zu stellen! Ich werde jetzt gehen." „Herr Professor Zickau, bitte bleiben Sie noch!"

… „Können wir die Drehung sehen?" „Nein, die Zeitkugel verschwindet in der Zeit, sobald die Rotation beginnt." „Und wie wird sie in Bewegung gesetzt?" „Wir zünden mit einem Minifusionsreaktor, danach rotiert die äußere Temposphäre mit zweihundertfünfzehntausend Umdrehungen die Sekunde um die bewegungslose Innenkugel und erzeugt ein supranaturales Magnetfeld." „Eine Miniatombombe sozusagen." „Ja." „Wir haben Atombomben in unserem Land?" „Nun ja, nur Klitzekleine zum Experimentieren." „Atombomben in Österreich?" „Wir sprechen hier über eine winzige atomare Starthilfe Sie Kretin!" … "Ins Badenium sind es fünfzehn Millionen Jahre, das heißt ungefähr sechzehn Stunden." „Das klingt ja alles recht simpel. Wurde die Zeitkugel schon einmal getestet?" „Nur mit einer Tomate. Sie verschwand und kehrte augenblicklich zurück, allerdings als Ketchup." „Und bei diesem Ergebnis schicken Sie lebende Menschen auf die Reise?" „Lassen Sie mich doch Ausreden! Die Videoaufzeichnung hat gezeigt, dass die Tomate in der Zeit unterwegs gewesen sein muss. Der Mensch hat eine wesentlich festere Konsistenz als Gemüse und kann deshalb besser auf etwaige Probleme reagieren. Die Technik haben wir inzwischen verbessert. Freundlicherweise haben sich Dr. Strebek und Prof. Manzoni für das Experiment zur Verfügung gestellt. Da beide Badener Wissenschaftler sind, ungebunden und keine Angehörigen mehr haben, wurden sie ausgewählt." „Mutig, mutig. Wie ich schon eingangs bemerkte, gibt es Gerüchte, die Erfindung der Zeitmaschine gehe auf eine Idee Dr. Strebeks zurück und er wurde deshalb ausgesucht." „Ich weiß nicht, wer Ihnen diesen Floh ins Ohr gesetzt hat." „Wie dem auch sei, Herr Professor Zickau, das Herzstück der Badeniumexpedition ist doch das Erkundungsfahrzeug. Es ist ein Prototyp, nicht wahr?" „Danke, dass Sie mich nach etwas Konkretem fragen. Nun, unter dem Laborboden der Außenkugel befindet sich das neueste Kampfflugzeug unserer Luftwaffe, es wurde uns freundlicherweise für das Experiment zur Verfügung gestellt. Es ist ein Heliokoptero-Aquada VCR-013, kurz Helioquad. Das Gefährt ähnelt ein wenig dem Saturn, denn die gepanzerte gläserne Kugel ist von einer Ringscheibe aus Titan-Karbon umschlossen. In ihr erzeugen Mikrofusionsreaktoren die Energie für das sternförmig angelegte Strahltriebwerk. Der VCR-013 kann schweben, fliegen, schwimmen und tauchen. Im Flug erreicht er achthundertzwanzig Kilometer pro Stunde, Unterwasser dreiundachtzig Knoten. Die maximale Flughöhe, beziehungsweise Tauchtiefe, beträgt jeweils dreitausend Meter. Diese ultimative Waffe wurde für das Verteidigungsministerium entwickelt, vergleichbares Kriegsgerät werden Sie auf diesem Planeten nirgends finden." „Faszinierend. Das nenn ich Technologie. Die Temponauten steuern also ein Kampfflugzeug?" „Nein, nein, nein! Sie fliegen eine unbewaffnete Version, nur die Technik ist dieselbe.

Die Bordgeschütze wurden durch zwei einfahrbare Greifarme ersetzt und der Bombenschacht für die Marschflugkörper in einen Laderaum umgewandelt."

Wir wussten weder vom Tomatendesaster, noch dass der Heli ursprünglich ein Kampfflugzeug war. Dass sie uns ausgesucht hatten, weil wir keine Angehörigen mehr hatten und dass Zickau behauptete die Zeitmaschine sei seine Erfindung, war geradezu perfide. Mark erinnerte sich, dass bei seinem ersten Treffen mit Prof. Zickau der Geheimdienstchef Wanzenböck ebenfalls anwesend war. Nach Marks Ausführungen prüften Sie in einem Nebenraum die Pläne des Antriebsverfahrens und gaben grünes Licht für das Zeitexperiment. Mark musste einen Vertrag unterschreiben, in dem klar definiert war, dass die alleinigeNutzung der Zeitmaschine der Regierung oblag. Dass Mark der Erfinder der Zeitmaschine war, wurde dabei nicht schriftlich festgehalten. Später hatte er Zickau wiederholt mit Wanzenböck in der Montagehalle gesehen. Ein Papier, das besagte absolutes Stillschweigen über das Forschungsprojekt zu halten und das Testgelände ohne Begleitung nicht zu verlassen, unterschrieben wir beide. In unserer Euphorie, die ersten Zeitreisenden zu werden, hegten wir keinerlei Argwohn. Zum einen war es ein nationales Forschungsprojekt, zum anderen ließen uns die intensiven Trainingsvorbereitungen nicht die geringste Zeit zum Nachdenken. Die Arbeiten unterlagen bis zwei Wochen vor Fertigstellung der Zeitkugel der höchsten Geheimhaltungsstufe. Dann bekam die Presse davon Wind und das Zeitexperiment wurde der Öffentlichkeit vorgestellt. Selbst die Regierung soll bis zu diesem Zeitpunkt nicht das Geringste gewusst haben. In der allgemeinen Begeisterung wurden die sonderbaren Vorgänge nicht weiter untersucht. Zu guter Letzt fanden wir das Kürzel des Administrators, der die Zeitmaschine für den Rückflug programmiert hatte: K. Z. Klaus Zickau.

Noch hatten wir die Mittel, die Geschichte zu verändern und wir würden sie nicht aus der Hand geben. Wir beschlossen, die Uhr zurück- und den Spieß umzudrehen. Zickau, Wanzenböck und der Generalstabschef sollten niemals von Marks Erfindung erfahren, die Zeitmaschine nie gebaut werden.

Dies gestaltete sich einfacher als zunächst gedacht, denn die Idee des Zeit-Zentrifugalbeschleunigers wurde so banal wie genial geboren. Im Grunde wollte Mark nichts anderes als eine alte Wanduhr anbringen. Beim Bohren in die Werkstattwand gab es einen Kurzschluss. Die Bohrmaschine war defekt, worauf er sie zerlegte und einen simplen Wackelkontakt fand. Doch der hatte es in sich. Als er den ausgebauten Elektromotor spielerisch in seinen Händen drehte, keimte die Idee, das Prinzip umzudrehen und die Magnetspule um einen festen Kern laufen zu lassen. Mark begann unverzüglich mit der Konzeption eines magnetisch fixierten Doppelsphärenelektromotors. Er entdeckte die ungeheure Geschwindigkeit der reibungslosen Rotation, die daraus resultierte. Quasi als Nebeneffekt ergaben seine Berechnungen, dass bei entsprechender Energiezufuhr eine Krümmung der Zeit stattfinden könnte. Der Rest ist Geschichte. Unseren Plan, die Vergangenheit zu verändern, setzten wir vorgestern in die Tat um. Die Gefahr dabei war, uns selbst zu begegnen. Es kam uns der Gedanke unsere Doppelgänger zu töten, um problemlos zurückkehren zu können. Im Grunde genommen hätte es sich nur um einen Suizid mit Überlebensgarantie gehandelt, eine Sterbehilfe der eigenen Vergangenheit sozusagen. Doch das perfekte Verbrechen verwarfen wir sogleich. Um eine Auseinandersetzung mit uns selbst zu vermeiden, war es lediglich erforderlich, sich nach der Geschichtskorrektur in eine ferne Zukunft zu begeben. Unsere Doppelgänger würden unbehelligt in ihrer Zeit bleiben und konnten ihr Leben wie gewohnt weiterführen.

Wir hissten eine aus einem Betttuch gefertigte Piratenflagge in der Steuerkugel und landeten drei Jahre vor unserem Abflug in Baden. Die Ankunftszeit, in der die Zeitsphäre unbemerkt über der Theresienwarte auftauchen konnte, war eine regnerische Neumondnacht im Herbst. Sie erschien uns ideal, weder ich noch Mark waren an diesem Tag in Baden. Eine Begegnung mit uns selbst war damit ausgeschlossen. Mein Zwilling langweilte sich auf einer Abendgesellschaft in einem Kongresshotel in Paris. Mark II saß mit Freunden in einer eingeschneiten Berghütte auf dem Schneeberg fest und hoffte auf einen Wetterumschwung.

Bei unserer Ankunft lag Baden wie ausgestorben unter uns. Es regnete in Strömen und es war unwahrscheinlich, auch nur einem Hund zu begegnen. Während Mark in seine Werkstatt eilte, um den Wackelkontakt seiner Bohrmaschine endgültig zu reparieren, lief ich nach Hause und suchte Kleidung zusammen. Im Wohnzimmer fiel mein Blick zufällig auf die versteinerte Muschel meines Urgroßvaters. Obwohl mir bewusst war, wie verzweifelt ich in den kommenden Tagen und Wochen nach ihr suchen würde, packte ich sie kurzerhand zusammen mit dem Fotoalbum der

Felsengesichter zwischen die Wäsche. Kann man sich selbst bestehlen? Ich hatte jedenfalls keine Skrupel dazu.

Vor einigen Stunden kehrten wir völlig durchnässt in die Zeitkugel zurück. Mark sah sich nachdenklich meine Muschel an. Die Form des Bruchstückes kam ihm irgendwie bekannt vor. Daraufhin durchforstete er unsere Dokumentationsfotos der Strandhöhle, in der wir nach dem Angriff des Alligators gestrandet waren. Zweifellos, sie lag neben dem zerlegten Greifer des Helioquad und war hier versteinert. Es war der Beweis, dass wir vor 15 Millionen Jahren die Badener Königshöhle betreten hatten. Ohne es zu ahnen, hatte mir mein Großvater einen Teil meiner Vergangenheit geschenkt.

Unsere Hightechsphäre zeigt uns, dass es einerlei ist, ob wir uns auf der Erde oder auf dem Mond befinden. In ihr agieren wir außerhalb der belebten Natur. So wollen wir nicht leben, nachdem wir ein geeignetes Zeitalter für unseren Lebensabend gefunden haben, werden wir die Zeitkugel in die Ewigkeit vorausschicken. Dies ist der Vorabend der Zukunft. Wir haben alle Chronometer angehalten, wir brauchen sie nicht mehr.

Die Zeitmaschine surrt gleichförmig bei plus einem Monat die Sekunde. Wehmütig sehe ich auf mein geliebtes Baden, wie es allmählich in der Vergangenheit verschwindet. Dennoch umschließt mich eine wohlige Zeitlosigkeit und ich betrachte entspannt, wie sich die kommenden Jahre auflösen. Tag und Nacht wechseln mit meinem Pulsschlag. Die ewige Vergänglichkeit kommender Zeiten berauscht mich jetzt mehr als all die entschwundenen Pfade der Vergangenheit.

GLOSSAR

Baden bei Wien: Stadt im südlichen Niederösterreich.

Badenium: Nach Baden benannte Stufe des Miozäns, vor rd. 16 bis 13,3 Millionen Jahren.

Bad Fischau: Marktgemeinde Bezirk Wiener Neustadt-Land in Niederösterreich

Bad Vöslau: Stadt im Bezirk Baden, in Niederösterreich.

Badener Kultur: Etwa zwischen 5500 und 4800 v. h., Kupfersteinzeit. Nach ersten archäologischen Funden aus der Königshöhle in Baden benannt.

Calliano Gustav: 1853-1930, Österreichischer Heimatforscher in Baden.

Gautama Buddha: Der Erwachte. Siddhartha Gautama, ca. 2581 - 2501 v. h.

Gigantopithecus: Riesenaffe, eine ausgestorbene Gattung der Primaten aus der Familie der Menschenaffen (Hominidae). Die Fossilien werden auf 7 bis 11 Mio. Jahre datiert. Drei Meter groß und mit 500 kg Gewicht der größte Menschenaffe, der je gelebt hat. Er ernährte sich überwiegend von Blättern und Früchten.

Hainbach: Bach in Bad Vöslau, ca. 5km von Baden.

Hohe Wand: Karstplateau im südlichen Niederösterreich.

Helenental: Teil des Schwechattales in Niederösterreich bei Baden.

Kalkbrenner: Berufsbezeichnung, Kalkbrenner bedienten die Kalköfen für die Herstellung von Branntkalk aus Kalkstein.

Leithagebirge: 35 km langer und 5-7 km breiter Höhenrücken am Rand des Wiener Beckens östlich von Baden.

Königshöhle: Westlich von Baden, Fundplatz jung-neolithischer Keramiken der Badener Kultur.

Megalithkultur: von altgr. mega, groß und lithos, Stein. Kultur der Jungsteinzeit etwa 6200 – 4800 v. h.

Mödling: Stadt im Industrieviertel in Niederösterreich, 13km nördlich von Baden.

Nanosekunde: 1n = 0,000.000.001 Sekunden.

Paläobotanik: Wissenschaft der fossilen Pflanzen.

Paläontologie: Wissenschaft der fossilen Lebewesen und der geologischen Vergangenheit.

Pestsäule: Denkmal in Baden.

Petawatt: 1 Petawatt = 1 Billiarde Watt.

Pannonisches Meer: Ur-Meer im Wiener Becken und der Ungarischen Tiefebene, es trocknete vor 5–10 Millionen Jahren aus.

Pauliberg: Erloschener Vulkan, er befindet sich im Übergangsbereich der Ostalpen zur Pannonischen Tiefebene –Bezirk Oberpullendorf südlich von Baden.

Schneeberg: 2076m hoher Berg in Niederösterreich.

Schwechat: 62 km langer Fluss im östlichen Niederösterreich.

Stamperl: Ein Schnaps

Theresienwarte: Eine Aussichtswarte bei Baden, sie bietet einen guten Ausblick auf Baden und das südliche Wiener Becken.

UNESCO: Internationale Organisation der Vereinten Nationen für Bildung, Wissenschaft und Kultur.

Weilburg: Ehemaliges Schloss in Baden, 1820 - 1945.

Wienerwald: Der Wienerwald ist der östlichste Ausläufer der Nordalpen in Niederösterreich.

Wolfstal: Seitental des Helenentales.

Philipp Heckmann, geb. 1959 in Freiburg i.Br.
Maler - Fotograf – Autor

Philipp Heckmann ist ein Bildermacher. In dem Sinn in dem manche Komponisten Liedermacher sind. Liedermacher sind keine Geräuschemacher von diffiziler, abstrakter Ästhetik, sondern singen Geschichten, Balladen und Liebeslieder über das Leben, die Welt und ihre Ideen und Wünsche. Und genau das macht Philipp Heckmann als Bildermacher. (Prof. Gerhard Habarta, PhantastenMuseum, Wien)

Philipp Heckmann - OUROBOROS
Phantastische Geschichten
Authal Verlag, 2017
Gebundene Ausgabe 224 Seiten
ISBN: 978-3950421125

www.philippheckmann.com